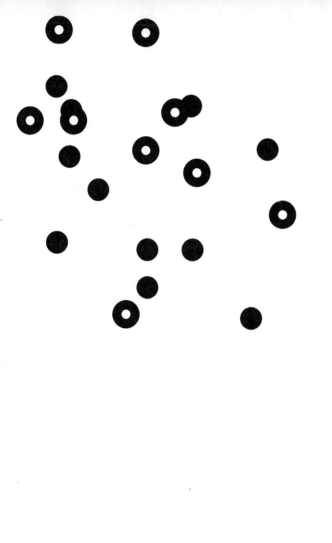

피자 한판
인생 두판

이원승

이유출판

prologue. 나는 몽키호테다

2015년 1월 이탈리아 출장 중에 잠시 다녀온 스페인 여행이 또렷하게 떠오른다. 마드리드에서 빌린 차로 몇 시간을 달려 라만차 어느 구릉에 멈춰 섰다. 눈앞에 거대한 풍차가 보였고 나는 가까이 다가가서 풍차를 어루만졌다. 아내가 희열로 가득한 내 얼굴을 의아한 눈빛으로 쳐다보았다. 나는 말했다.

"풍차를 만져보니까 이제야 알겠네. 간절히 원하면 풍차가 거인으로 보일 수 있겠어. 간절히 기사를 원한 돈키호테가 풍차를 기사에 도전하는 결투의 상대로 본 건 당연한 일이야. 풍차를 만져보니 거인이 아니 돈키호테가 느껴졌어."

그 후 나는 스스로 '몽키호테'라는 별명을 지어주었다. 남들이 지어준 몽키Monkey라는 별명과 세르반

테스의 소설 속 인물 돈키호테를 합친 이름. 이 별명이 참 마음에 든다. 스스로 몽키호테가 된 후 더욱 더 많은 일을 벌일 수 있었고 새로운 일을 시작할 때 주저하지 않았다. 돈키호테가 풍차를 향해 달려들었듯 몽키호테도 비전을 향해 덤벼들었다.

그런 몽키호테가 자주 사용하는 말이자 좋아하는 말은 '그럼에도 불구하고'인데, '비록 사실은 그러하지만 그것과는 상관없이'라는 뜻이 마음에 들기 때문이다. 용기와 도전과 뚝심과 가능성을 품고 있지 않은가. 많은 문제가 도사리고 있지만, 높은 한계에 직면해 있지만, 빤한 결과와 어려움이 예상되지만, 그럼에도 불구하고 해내는 그 고독한 용기! 몽키호테는 하고 싶은 일을 하고, 하고 싶지 않은 일은 하지 않는다. 하던 대로 하지 않고, 안 하던 것부터 해본다. 타고난 팔자를 벗어나 스스로 팔자를 만들겠다는 무모함, 나는 그것을 '몽키호테 정신'이라 부른다.

어쩌다 보니 나는 인생 두 판을 살게 되었다.

한 판은 언제나 한 가지만을 선택하도록 강요당한 인생이었다. 이왕이면 남들이 가는 쪽으로, 대세가 그렇다는 쪽으로, 돈이 되는 쪽으로 잘 좇아가고 선택하는 것을 '성공적인 삶'이라고 규정한 판이었다. 나는 운이 좋은 편이었다. 남 앞에 설 수 있는 작은 재주를 가진 덕분에 많은 기회를 제공받았다. 늘 기회를 놓치지 않았고 기회 끝에 온 행복을 누리며 편하게 살고자 했다. 하지만 어느 순간 그것이 인생의 전부가 아니라는 것을 깨달았다. 그 후, 나는 인생의 두 번째 판으로 향했다.

가평에 살면서(이곳에서의 삶을 내 인생의 '광야 생활'이라고 생각한다) 평면적이던 삶은 다면적으로 변해갔다. 규격화된 삶을 살 필요가 없다는 생각이 들었다. 가평에서 벌인 커뮤니티 연극을 통해 나눔이 내 삶의 중요한 가치로 자리 잡았다. 진실로 감사한 일은 이 연극 운동을 누군가가 '시켜서' 한 것이 아니라 '내켜서' 했다는 사실이다. 몽키호테 정신은 나를 '머무르지 않는 삶'으로 향하게 했다.

지금까지 겪어온 여러 과정을 떠올려본다. 연극을 하다가 개그맨이 되고, 다시 연극판에 뛰어들어 피자집 디마떼오를 열고, 지금의 아내를 만나 연극으로 복귀하고, 가평에서 연극 운동을 하다가 찾은 또 다른 길 위에 서 있다.

　매일 그리고 항상 '태어나듯 아침을 맞고 죽는 듯 잠자리에 들어라'라는 말을 되뇐다. 하루를 하나의 인생처럼 산다면 1년을 365개의 인생으로 포도송이처럼 알알이 살 수 있을 것이다. 아침에 눈을 뜰 때면 나는 기도로 다시 태어난다. 단지 종교적 습관이 아니라, 오늘 펼쳐질 설레는 하루를 위해 다시 무대에 서보겠다는 다짐이다. 어차피 밤마다 죽을 목숨, 오늘의 생을 향해 죽기 살기로 돌진해본다. 나의 이름은 몽키호테다.

PART 1
원숭이가 나무에서 떨어지면?
땅에서 살면 되지!

PART 2

인생은 코미디, 아니면 연극?

PART 3
피자, 너는 내 운명

PART 4
꽃피는 산골, 그 속에서 놀던 때

PART 1
원숭이가 나무에서 떨어지면?
땅에서 살면 되지!

빈 봉투의 힘

1998년 1월, 나는 천신만고 끝에 피자집을 열었다.

6개월 전 사업 계획을 밝혔을 때 동참하기로 약속한 사람은 네 명이었다. 당시 연극을 연이어 제작하느라 밑천이 바닥난 상태였기에 어렵사리 이탈리아에서 가져온 나폴리 피자 사업권을 살리려면 투자자를 구하는 수밖에 없었다.

하지만 인테리어 비용이 애초에 계획한 액수를 훌쩍 넘어섰고, 엎친 데 덮친 격으로 IMF 국가구제금융 위기가 닥치자 투자를 약속했던 친구들이 하나둘 손을 들고 떠났다. 유일하게 남은 투자자는 고등학교 때부터 함께해온 정태봉이라는 친구뿐이었다.

끌어 쓸 만한 돈은 모조리 동원했지만 자금이 턱없이 부족했다. 급전이 필요할 때마다 태봉이를 찾아갔다. 조치원에서 사업을 크게 하고 있던 태봉이는 다

원숭이가 나무에서 떨어지면? 땅에서 살면 되지!

만 얼마라도 돈을 마련해주곤 했다. 면목이 없어 차마 전화로는 말을 못 하고, 매번 기차를 타고 찾아가 봉투를 받아오곤 했다.

그날 역시 미리 연락하고 사무실로 찾아갔다. 사정을 하나부터 열까지 다 알고 있는 태봉이는 선선히 봉투 하나를 건네주었다. 그러고는 대뜸 직원을 시켜 나를 기차역까지 태워주라고 하는 게 아닌가. 한사코 마다했지만 친구도 꽤나 완강했다. 하는 수 없이 차를 얻어 타고 조치원역까지 갔다. 사실 내가 알아서 가겠다고 우긴 데는 다른 이유가 있었다. 봉투 속에 얼마가 들어 있는지, 어디 어디 급한 곳을 막을 수 있는지 얼른 확인하고 싶었던 것이다. 업자들이 돈을 받지 못하면 공사 현장을 다 엎어버리겠다고 으름장을 놓은 상태였기에 절박했다. 서울로 올라오는 기차를 탔는데 하필 그날따라 알아보는 사람이 유난히 많았다. 나이 지긋한 아저씨에게 악수를 해주고, 귀여운 꼬마에게 사인도 해주었다.

한참 지나 겨우 홀로 남게 되었을 때, 기차 칸 사이에 숨어들어 조바심을 억누르며 가슴팍에서 봉투를 꺼내 들었다. 떨리는 손으로 봉투를 슬며시 열었다. 이런…. 봉투 안에는 지폐 한 장, 아니 동전 한 푼조차 없었다. 대신 친구 녀석이 낯익은 글씨체로 써 내려 간 정호승의 〈수선화에게〉라는 시가 적힌 종이 한 장 만 달랑 들어 있을 뿐.

울지 마라
외로우니까 사람이다
살아간다는 것은 외로움을 견디는 일이다
공연히 오지 않는 전화를 기다리지 마라
눈이 오면 눈길을 걸어가고
비가 오면 빗길을 걸어가라
갈대숲에서 가슴 검은 도요새도 너를 보고 있다
가끔은 하느님도 외로워서 눈물을 흘리신다
새들이 나뭇가지에 앉아 있는 것도 외로움 때문이고
네가 물가에 앉아 있는 것도 외로움 때문이다
산 그림자도 외로워서 하루에 한 번씩 마을로 내려온다
종소리도 외로워서 울려 퍼진다

아아. 시인은 울지 말라고 했는데 나는 눈물이 솟

원숭이가 나무에서 떨어지면? 땅에서 살면 되지!

구쳤다. 차마 엉엉 소리 내어 울 수 없어 겨우 눈물을 삼켰다. 태봉이가 무슨 뜻으로 편지를 썼는지 알고도 남았다. 외로우니까 인생이다. 인생이 다 그런 거다. 필요할 때마다 손 벌려서 해결할 수 있는 일은 없다. 먼저 강해져라. 스스로 깨우치라고 친구는 그렇게 돈 대신 편지를 건넸으리라.

조치원으로 돈을 구하러 간다고 했더니 늦은 시각인데도 업자들이 기다리고 있었다. 그들은 나를 보자마자 으름장을 놓았다.

"이 사장! 돈 좀 봅시다. 그래야 일을 하든지 말든지 하지!"

빈 주머니로 업자들 앞에 서게 되었지만 왠지 모르게 어깨가 쭉 펴졌다. 한 번 사는 인생, 쪼그라들지 말고 씩씩해지자. 나는 빈손을 내보이며 당당히 말했다.

"오늘은 없어요. 그리고 당분간 못 구할 것 같네요. 하지만 어떻게든 밀린 돈은 꼭 해결해드릴 테니 일부터 좀 마무리합시다. 제가 가게 문을 못 열면 우리 다 같이 망하는 거 아닙니까? 마무리를 해야 돈도 변통

할 수 있으니까, 제가 돈 잘 구할 수 있게 일도 꼼꼼히 잘해주시고, 가끔 저 피곤해 보이면 박카스도 한 병씩 사주고 그러세요."

뻔뻔했다기보다 솔직했고 절박했노라, 그렇게 표현하고 싶다. 당찬 내 태도를 보고 업자들이 주춤했다. 대신 납부 기한을 넘기는 돈은 연체 이자를 쳐주기로 했다. 이만하면 전세 역전이라 할만 했다. 물론 그 후로도 살얼음판 위에서 외줄을 타는 상황이 계속되었지만, 결국 온갖 우여곡절을 겪고도 나는 해냈다. 1998년 1월 9일 한국 최초의 나폴리 피자집 디마떼오Di Matteo가 문을 열었다.

빈 봉투의 힘이 꽤나 요란했던 것이다.

원숭이가 나무에서 떨어지면? 땅에서 살면 되지!

일찍 일어난 새는 굶어 죽기 십상이다

셰익스피어는 말했다, 인생은 연극이라고. 그러므로 인간은 무대 위의 배우들이나 다름없다고.

피자집을 열고 맞은 1998년 초봄, 서른아홉 살의 나는 인생이란 연극 무대 1막의 마지막 순간에 서 있었다. 그렇게 고생해서 열었으니 모든 게 잘되는 편이 이야기 흐름상 더 어울리겠지만 안타깝게도 현실은 그렇지 못했다. 빨라도 너무 빨랐달까. 나는 화덕피자 업계에서 너무 일찍 일어난 새였다. 지금이야 이탈리아식 피자를 좋아하는 사람이 많지만 당시에는 "뭐야, 이게?" 하는 반응이 대부분이었다. 온갖 토핑을 잔뜩 얹은 두툼한 미국식, 아니 미국을 거쳐 온 일본식 피자가 익숙한 시절이었으니 100명 중 98명쯤은 참나무 장작 화덕에서 구워낸 디마떼오의 피자를 낯설어했다. 심지어 테이블에 내온 피자를 보고서

화를 내고 돌아간 사람이 있을 정도였다.

새로운 맛을 찾아 호기심으로 찾아왔던 손님들마저 줄어들어 가게가 독서실인 양 조용해졌다. 어떻게든 알려야겠다는 생각에 대학로 큰길가에 나가 홍보 전단을 뿌렸다가 불법 전단을 유포했다는 이유로 경찰서에 대여섯 번이나 끌려갔다.

힘든 건 가게 문제만이 아니었다. 잘나가던 개그맨 활동을 청산하고 고집대로 연극을 하면서 아내와 사이가 조금씩 벌어졌다. 처음 몇 번 성공을 맛본 후 본격적으로 연극 제작에 나서고 극장까지 열자 안정적인 생활을 원하는 아내와 사사건건 갈등이 생겼다. 그즈음 우리는 서로에게 지쳐 있었고 오랜 불화 끝에 마음이 완전히 멀어진 상태였다.

가정이 편치 않으니 여러모로 심란했다. 서로를 위해 헤어져야 한다고 생각하면서도 이혼을 받아들인다는 것은 심정적으로 쉽지 않았다. 막상 도장을 찍으려 하니 정리할 일이 많았다. 어디부터 어떻게 손대야 할지 엄두가 나지 않을 정도로. 무엇보다 가슴 아픈 일은 아이들 문제였다. 딸은 엄마와 살기로

원숭이가 나무에서 떨어지면? 땅에서 살면 되지!

하고 아들 녀석은 아빠와 살겠다고 했다. 아빠 걱정 때문에 곁에 남겠다고 했지만, 아무리 어른스럽다고 해도 이제 겨우 여섯 살밖에 되지 않은 아이를 어떻게 돌봐야 하나 막막했다. 우선 어머니께 아들을 부탁했지만 앞으로가 더 걱정이었다.

설상가상으로 3개월 동안 판매한 피자보다 나폴리 출신 피자이올로Pizzaiolo, 피자를 전문으로 만드는 요리사가 먹은 피자가 더 많을 정도로 사업은 최악으로 치달았다. 사업을 접을까 하고 심각하게 고민했지만 그때까지 쏟아 부은 돈과 노력을 생각하면 그럴 수도 없었다. 정확히 말하자면 빚이 산더미처럼 쌓여서 함부로 접을 수 없는 상태였지만. 방송을 떠난 지도 수년째, 가끔 패널 섭외 연락이나 받던 터라 방송 일로 재기를 노려볼 수도 없는 노릇이었다. 더구나 내가 방송에 출연해 웃고 떠든다면 빚쟁이들이 가만있지 않을 것 같았다. 이혼이 기정사실이 되면서 마음이 위축되어 대중 앞에 나설 수도 없었다. 그때만 해도 이혼을 인생의 실패라 여기던 때였다.

디마떼오 꼭대기 층에 올라가 문을 걸어 잠그고

앉아 한참을 울었다. 절망감이 점점 부풀어 올라 더 이상 출구가 보이지 않았다. 현실이 도저히 넘을 수도 없고 뚫을 수도 없는 벽처럼 느껴졌다. 이곳을 벗어나고 싶었다. 나는 생각했다. 이제 연극은 끝났다고. 무대에서 퇴장할 시간이라고.

그렇게 결심했다, 죽기로.

원숭이가 나무에서 떨어지면? 땅에서 살면 되지!

야, 코미디언 '쌩쇼'하지 마!

종이와 펜을 꺼내 한 자 한 자 유서를 써 내려갔다. 종이 위에 눈물이 떨어질 때마다 글씨가 살아 움직이는 듯했다. 생전 처음 써보는 유서는 길지도 않았다.

나중에 어머니 돌아가시면 산에 모셔야 하는데 어머니 가슴에 먼저 묻히는 이 못난 아들을 용서하세요. 아들아, 아비 없는 자식이란 소리 듣지 말고 아비 없이도 잘 자란 자식으로 성장해다오.

여태 믿고 도와준 태봉이에게도 한마디 적었다.

내 친구 태봉아. 네가 있어서 가는 길이 외롭지 않구나. 이 건물로 빚잔치하고 남는 돈으로 네 빚 갚고, 그래도 모자라는 건 하늘나라에서 채워주마.

펜을 내려놓고 마음의 준비를 하는데 무심코 옆에 놓여 있는 휴대전화가 눈에 들어왔다. 저절로 태봉이 생각이 났고 나도 모르는 사이에 버튼을 누르고 있었다. 마지막 통화라도 하자.

저쪽에서 태봉이 목소리가 들리자마자 마구 눈물이 쏟아졌다. 울음을 삼키며 말했다.

"태봉아… 잘 있어! 이제는 보고 싶어도 참아야겠다. 그래도 보고 싶으면 어떡하지? 미안하다. 그리고 참 고마웠다."

더 이상 말을 이을 수 없었다. 북받치는 감정을 어쩌지 못하는 내가 이상했을 법한데 친구의 반응은 떨떠름했다. 바빠서 얘기를 제대로 안 들었는지 일부러 그랬는지, 태봉이는 이렇게 말했다.

"야, 코미디언! '쌩쇼'하지 말고 이따 일곱 시 반에 거기서 만나. 나 바빠!"

뚝, 전화가 끊어졌다. 팽팽하게 감돌던 긴장감도 뚝, 끊어졌다. 갑자기 내 꼴이 우습게 느껴졌다. 태봉이와 통화하기 전까지만 해도 사방이 벽 같아서 숨조차 쉴 수 없었건만 전화를 내려놓자마자 일곱 시 반 약속이 기다려지면서 그때까지 뭐라도 해야 할 것만

원숭이가 나무에서 떨어지면? 땅에서 살면 되지!

같았다. 허무하게도 친구 녀석의 한마디가 내 생사를 갈라놓았다. 달라질 수 있다는 희망과 다짐이 샘솟으며 살아야겠다는 생각이 들었다.

그날 이후 매일 잠에서 깰 때마다 다시 태어났다고 생각하며 살았다. 휴대전화와 TV를 없애고 새벽에 일어나 맨발로 걷고 냉수욕을 하면서 그때의 기억을 되살렸다. 머리카락도 짧게 잘랐다. 조금이라도 허튼 마음이 생길라치면 계속해서 머리를 박박 밀었고 지금까지 한 번도 다시 길러본 적이 없다. 거울을 볼 때마다 짧은 머리를 보며 그날 일을 떠올린다.

'새로 태어난 것처럼 아침에 일어나고 죽음에 이른 것처럼 잠자리에 들자. 하루하루를 하나의 인생처럼 살아보자.' 그렇게 다짐하니 달라지기 시작했다. 신기하게도 엉킨 실타래가 풀려나갔다.

눈병 걸린 사람도 다시 보자

경신을 처음 만난 건 2001년 6월이었다. 피자 사업은 날로 번창했고 빚을 갚아나가는 재미로 하루하루를 보내고 있었다. 문득 피자만 팔 게 아니라 파스타까지 해보자는 생각이 들었다. 이듬해에 한일 월드컵이 열릴 예정이었고, 막연히 축구 강국 이탈리아가 최소한 준우승은 할 것 같은 느낌이 들었다. 한국을 찾은 이탈리아 응원단을 위해 메뉴를 더 개발해야 한다는 밑도 끝도 없는 확신까지 들었다.

'비행기를 타지 않고도 본토의 맛을 즐길 수 있게'라는 디마떼오의 모토를 살리기 위해 이미 피자를 그렇게 만들고 있듯, 파스타도 나폴리 출신 주방장이 본토의 식자재로 만들어야 했다. 이를 위해 3개월 정도 일을 도와줄 통역 겸 이탈리아어 강사가 필요했다. 이 무렵 홀 아르바이트를 지원했다가 통역을 맡

원숭이가 나무에서 떨어지면? 땅에서 살면 되지!

게 된 사람이 바로 경신이었다.

성악을 전공하는 스물여덟 살의 유학생과 나의 인연은 어쩌면 시작조차 되지 않았을 것이었다. 첫 번역 서류를 제출하는 날 아침에 경신은 하필 눈병에 걸렸다. 전화로 사정을 설명하는 그녀에게 나는 정중히 말했다.

"아, 제가 세상에서 제일 싫어하는 병이 눈병인데…. 요즘 내내 과로 상태라 쉽게 옮을지 모르니까 그냥 오지 마세요."

그걸로 끝난 줄 알았다. 그런데 그날 오후 디마떼오 앞에 낯선 자동차가 한 대 서더니 잘생긴 젊은 남자가 내렸다. 그는 자신을 눈병 때문에 오지 못한 학생의 친오빠라고 소개했다. 여동생이 번역한 서류를 들고 왔단다. 그의 진지한 눈빛은 당장이라도 일감을 받아갈 기세였다. "뭐 그렇다면… 눈병 나을 때까지 부탁하는 서류를 번역해 팩스로 보내주세요." 열성적이고 간곡한 태도의 오빠가 마음에 들었다. 여기까지 일부러 찾아온 정성에 미안한 마음이 들 정도였다. 더 고민할 것 없이 몸조리 잘하고 눈병이 나은 다음에 천천히 나오라고 전했다.

친오빠 못지않게 경신의 인상도 좋았다. 싹싹하고 성실하고 긍정적인 태도가 주변을 환하게 밝혀주었다. 경신이 일을 시작한 뒤 웬일인지 디마떼오의 피자이올로 프랑코와 치로 부자父子가 지나치다 싶을 만큼 야박하게 대했지만 그녀는 한 번도 불평하지 않았다. 그저 묵묵하게 자기 일을 할 뿐이었다. 프랑코와 치로는 경신이 홀에서 식사라도 할라치면 심술을 부렸다. 홀은 손님을 위한 자리이므로 직원이 앉으면 안 된다는 것이다.

"우리도 가끔 홀에 앉아서 먹잖아. 왜 그래, 프랑코!"

말려도 소용없었다. 프랑코와 치로는 번번이 경신을 못 잡아먹어 으르렁거렸다. 그럴 때마다 경신은 기분 나쁜 내색 하나 없이 음식을 들고 창고로 내려가면서 괜찮다고 말했다. 자존심이 상할 법도 한데 그들을 말리는 내게 괜찮다고 말했다. 참 선한 사람이구나. 시작은 그랬다.

경신은 번역 말고도 내게 이탈리아어를 가르치고 초등학교 3학년인 아들의 공부도 봐주었다. 번역 일만으로는 아르바이트 비용이 많지 않을 것 같아서 겸

원숭이가 나무에서 떨어지면? 땅에서 살면 되지!

사겸사 꾀를 낸 것인데, 그 덕분에 종종 어머니와 아들도 경신을 만날 기회가 생겼다. 어느 날 어머니가 말씀하셨다.

"네 순서까지는 안 오겠지만 저런 여자랑 결혼하면 좋겠다. 사람이 싹싹해서 두루 관계가 좋을 테고, 사업하는 집안의 큰딸이니 안목도 있을 테고, 이탈리아어를 하니까 직접적인 도움도 되고, 아이와도 친하니 그건 말할 것도 없고."

아들도 큰 호감을 표시했다. 선생님 같은 분이 엄마였으면 좋겠다고. 잠자는 시간 외에는 일만 하는 아빠 탓에 늘 외로운, 정에 굶주린 아이가 자상한 과외 선생님에게 호감을 느낀 것은 자연스러운 일인지도 몰랐다.

나는 한사코 고개를 가로저었다. 파경과 파산을 겪은 후 더 이상 결혼에 자신도 없고 자격도 없다고 생각했다. 더구나 상대는 열네 살이나 어린, 젊고 아름다운 여성이었다. 감히 넘볼 대상이 아니었다. 사실 마음이 아예 없지는 않았다. 하지만 소박하게 '다음 생에는 꼭 저런 사람과 결혼해야지' 하는 생각을 가졌을 뿐이다.

그런데 사람 마음이라는 게 참 이상했다. 계약한 3개월이 거의 끝나 마무리할 시간이 다가오자 마음이 흔들리기 시작했다. '세상에 안 되는 게 어디 있어? 이번 생에 경신이랑 꼭 안 되라는 법이 있나?' 하는 생각이 커졌다. 매력적이고 선한 그녀를 향한 욕심을 떨칠 수가 없었다.

모든 일을 마치고 경신이 이탈리아로 떠날 날이 얼마 남지 않았을 때, 나는 마지막 인사를 겸해서 저녁 식사에 초대했다. 경신은 아는 선배와 함께 내 제안에 응했다. 선배와 함께 온다는 건 나한테 별 관심이 없거나 초대가 좀 부담스럽다는 뜻이구나 싶었다. 아무튼, 대학로에서 식사를 마치고 맥주를 마시러 술집에 갔다. 모처럼 술이 한 잔 들어가니까 마음이 더 조급해졌다. 어떻게든 강렬한 인상을 주어야 한다는 강박감이 머리를 떠나지 않았다. 뭐가 있을까. 고민하다가 산 낙지를 썰지 말고 달라고 주문해서 통째로 씹어 먹었다. 내가 개그맨 출신이 아니었다면 혐오감을 줬을지도 모를 무리수였다. 처음에는 말리더니 중간에 잠시 신기해하다가 나중에는 경악을 금치 못하던 경신과 선배의 표정이 아직도 생생하다. 두 사람

원숭이가 나무에서 떨어지면? 땅에서 살면 되지!

은 질색하며 놀랐겠지만 나는 그만큼 절박했다. 노래방에서 내가 가슴으로 토해낸 '가시리'의 후렴구도 가관이었다. '얄리 얄리 얄랑셩 얄리 얄리 얄랑셩 얄리 얄리 얄리 얄라리.' 훗날 경신은 그 노래를 부르는 모습이 도인 같아 보여서 더 부담스러웠다고 했다.

헤어지기 전, 잠시 경신과 단둘이 남았을 때 용기를 내보기로 했다. 디마떼오 건물 옥상에 태극기와 EU기속에 함께 걸려 있는 이탈리아기를 가리키면서 이야기를 시작했다.

"이탈리아에 가면 태극기를 볼 수 있나요?"

"로마 한국대사관 앞에 태극기가 바람에 펄럭이죠."

나는 다시 한 번 용기를 내어 속마음을 전했다.

"이탈리아에서 태극기가 바람에 펄럭일 때마다 한국에 있는 이원승의 심장이 그대를 사모하는 마음으로 팔딱팔딱 뛴다는 것을 잊지 말아 주세요."

역시 무리수라 할 만한 닭살 돋는 멘트였으나 진심이었다. 경신은 피식 웃었고 그걸 끝으로 우리는 헤어졌다. 다시는 볼 수 없으리라 생각했는데, 내게 행운이 찾아왔다. 때마침 경신이 예약한 대한항공 조종

사들이 파업하는 바람에 비행기가 결항하여 이탈리아로 떠나지 못한 것이었다. 한두 번 더 얼굴을 볼 기회가 생겼고 마침내 그녀의 이탈리아 현지 전화번호를 손에 쥘 수 있었다.

원숭이가 나무에서 떨어지면? 땅에서 살면 되지!

하나님을 위해 태어난 놈입니다?

경신이 떠난 후 하루가 멀다고 이탈리아로 전화를 걸었다. 정식으로 고백해야겠다는 생각은 아니었다. 그저 목소리가 듣고 싶었다. 전화를 끊으면 마치 우리의 인연도 끊어질 것만 같아서 이 얘기 저 얘기 생각나는 대로 떠들었다. 대부분 연예가 뒷얘기였다. 웬만한 연예 정보 프로그램보다 더 흥미로운 이야기가 매일 밤 천일야화처럼 이어졌다. 항상 "어제 어디까지 얘기했죠?"로 시작해 "오늘은 여기까지!"로 감질나게 끝맺었다.

온종일 디마떼오에서 일하고 집에 들어와 전화를 거는 시각은 밤 11시. 이탈리아 현지 시각으로는 경신이 학교를 마치고 집에 돌아오는 오후 3시였다. 그때부터 짧게는 서너 시간, 길게는 여덟 시간 동안 통화를 이어나갔다. 가끔 통화가 길어질 때면 경신의 잠든 숨소리가 들려왔지만 나는 전화를 끊을 수 없었다. 체력은 체력대로 고갈되었고 전화비가 엄청나게 나왔다. 한 달 평균 전화 요금이 180만 원.

그렇게 몇 달이 지났다. 나는 매일 현생現生과 내생來生을 오가며 사는 느낌이었다. 사업을 하며 빚을 갚아나가는 이번 생과 매일 밤 그녀를 놓치지 않기 위해 긴 밤의 끝을 부여잡는 다음 생을. 어떤 날은 내 욕심 때문에 앞날이 창창한 젊은 여성의 발목을 잡는 것은 아닌지 괴로워하다가, 다른 날은 경신의 목소리를 듣지 않고는 도저히 잠들 수 없을 것 같아서 괴로운 날들이 이어졌다.

그러던 어느 날 그녀가 말했다. 나도 당신이 좋아지고 있다고. 그리고는 진지하게 내게 물었다. 만약 우리 사이가 더 발전한다면 자신이 믿는 하나님을 당신도 믿을 수 있겠느냐고. 나는 단 1초의 고민도 없이 대답했다.

"저는 하나님을 위해 태어난 놈입니다!"

진심이었을까, 일단 되는 대로 뱉은 말이었을까. 사실 무엇이든 상관없었다. 나는 대답을 가릴 형편

원숭이가 나무에서 떨어지면? 땅에서 살면 되지!

이 아니었다. 사랑을 얻으려면 무엇이든 해야 했다.
후에 안 사실이지만 결국엔 그 한마디로 인해 사랑과
종교가 한꺼번에 내게로 왔다.

누군가의 마음을 얻는다는 것

2002년 1월, 나는 이탈리아로 향했다. 파스타 론칭을 위해 현지에서 해야 할 일을 마무리 짓기 위해서였다. 경신을 만나기 위해서라는 이유는 말할 필요도 없었다.

이탈리아에서 일주일 남짓 매우 바쁜 일정을 보냈다. 경신이 잘 준비해준 덕분에 순조롭게 일을 마무리했다. 그런데도 나는 마치 심지가 타들어 가는 시한폭탄을 든 사람처럼 안절부절못하고 있었다. 한국으로 돌아갈 시간이 얼마 남지 않았는데 수개월 동안 커다랗게 키워온 속마음을 제대로 표현할 용기가 나지 않았다. 전화로는 속내를 전하기가 수월했는데 막상 그녀를 앞에 두고선 주저하고 있었다.

어느덧 내일이면 한국으로 돌아가야 했다. 경신과 나는 로마 시내를 걷고 있었다. 주머니 속에는 각

원숭이가 나무에서 떨어지면? 땅에서 살면 되지!

각 따로 포장한 반지 두 개가 들어 있었다. 무슨 말을 어떻게 해야 할까. 머리도 마음도 혼란스러웠다. 경신은 마치 무슨 말이든 꺼내기를 기다리는 사람처럼 아무 말 없이 느린 속도로 따라 걷기만 했다.

단단히 결심하고 걸음을 멈춘 채 고개를 들어 주위를 둘러보았다. 무작정 멈추었는데 산타 마리아 마조레 대성당Basilica di Santa Maria Maggiore 앞 광장이었다.

"혹시 압니까? 파울로 코엘료의 책 『연금술사』에 나오는 이야기처럼 제 간절함이 전해져 온 우주가 기다리듯이 누군가 저 종을 치고 그 소리가 크게 울려 퍼져 광장의 비둘기가 하나둘 날아오르고…"라며 이야기를 이어나가는데, 과연 종소리가 크게 울려 퍼지고 광장의 비둘기 떼가 날아올랐다. 감동한 것은 나였다. 정말 기도한 대로 하늘이 날 돕고 있다는 생각에 더욱 진심에서 우러나온 말을 꺼냈다.

"이제부터 우리 안에 나 아닌 그대가, 그대 아닌 내가 살기를 원합니다."

주머니에서 반지를 꺼내 경신에게 건넸다.

"혼자만 받으면 미안해할까 봐, 그대가 내게 줄 선물도 미리 사 왔어요."

남은 반지도 마저 주었다. 경신은 선선히 마음을 받아주었고 우리는 반지를 나눠 서로에게 끼워주었다. 이튿날 아침 그녀를 로마에 남겨두고 무거운 걸음으로 나 홀로 서울로 향했다. 나중에야 알았지만, 산타 마리아 마조레 대성당의 광장은 노숙자들로 넘쳐나는 데다가 비둘기가 많아서 비릿하고 고약한 냄새가 풍기는 탓에 경신이 피해 가는 곳이었다. 더구나 빗길에 개똥을 밟고 넘어져 새똥까지 묻힌 고약한 기억이 있다는 그곳에서, 나는 저 혼자 낭만에 빠져 프러포즈한 것이다. 성공한 게 용할 정도였다.

하지만 마냥 행복했던 것은 아니다. 한국에 돌아온 후 심한 갈등으로 내 마음에 균열이 생기기 시작했다. 어떤 날은 창창한 음악학도인 경신이 나를 떠날지도 모른다는 불안감에 뒤척이다가, 다른 날은 유학 생활까지 하면서 무려 6~7년 동안 미래에 대한 꿈을 키워온 사람을 사랑이라는 이름으로 붙잡는 것이 너무 이기적이지 않은가 하고 자문하는 날이 반복되었다. 나만의 욕심으로 선녀의 옷을 훔치는 것은 아닐까. 혹은 놀부처럼 제비 다리를 꺾는 것은 아닐까.

원숭이가 나무에서 떨어지면? 땅에서 살면 되지!

반지를 만질 때마다 동전의 양면처럼 상반된 생각에 사로잡혀 표정마저 바뀌곤 했다. 마치 절대 반지에 휘둘리는 골룸처럼. 당시 한창 흥행 중이던 영화가 하필 〈반지의 제왕〉이었다.

결혼은 잘한 짓이다

사랑이 이루어졌다고 결혼이 쉬운 것은 아니었다. 어느덧 관계가 깊어진 것을 알게 된 어머니가 어느 스님에게 궁합을 본 게 화근이었다. 손에 장을 지질 만큼 안 좋은 궁합이 나왔다는 것이다. 결혼하는 순간 사업도 망하고 초상도 치르게 된다는 점괘였다. 한순간 얼어붙은 어머니의 마음은 싸늘하기 그지없었다. 은근히 결혼을 부추기던 분이 돌변해서 반대뿐만 아니라 경신과 마주하지도 않으려고 하시니 미칠 노릇이었다.

2002년 5월의 어느 저녁 무렵, 당혹스러운 현실 앞에서 경신은 "죄송합니다"라는 말로 이별을 통보하며 돌아서고 말았다. 멀어지는 경신의 뒷모습을 보며 이대로 헤어지면 다시는 못 볼 것 같은 불안감이 밀려왔다. 앞치마를 내던지고 뛰쳐나갔다. 마로니에공

45

원숭이가 나무에서 떨어지면? 땅에서 살면 되지!

원을 가로지르는 경신이 눈에 들어왔다. 오후 7시 즈음, 공원은 공연을 기다리거나 데이트를 하는 사람들로 가득했다.

큰 소리로 이름을 불렀다. 두 번을 더 외쳤을 때에야 경신은 비로소 돌아보았다. 사람들이 쳐다봤지만 아랑곳하지 않았다. 부끄러움도 잊은 채 무릎을 꿇고 애원했다. "지금 이대로 떠나는 것이라면, 더 이상 만나지 못하게 되는 것이라면, 나를 위해 마지막 기도를 해주세요"라고.

경신은 그 자리에 선 채로 울면서 기도를 드렸다. 울음 섞인 기도 소리가 내 가슴을 후벼 팠다. 그녀의 눈물이 내 머리에 뚝뚝 떨어졌다. 나 역시 눈물을 흘리며 간절히 기도를 드렸다. 나를 붙들어주시고 경신을 붙들어주시어 우리가 함께 평생 선한 일을 할수 있게 도와달라고.

상황에 떠밀려 경신은 결국 이탈리아로 돌아갔다. 상처가 얼마나 깊었을지 헤아릴 수 없었다. 경신이 이 난관을 함께 극복해줄지도 자신할 수 없었다. 어쩔 수 없이 모든 것을 경신에게 맡기기로 했다.

"이 전화가 마지막입니다. 서울을 떠난 두 기차는

대전 근처 회덕에서 길이 나뉩니다. 하나는 부산으로, 다른 하나는 목포로 향하게 되죠. 우리는 지금 회덕 근처에 와 있습니다. 저는 지금까지 만으로도 아주 좋았습니다. 이번 생을 함께하고 싶다면 유학 생활을 접고 오십시오. 그대를 평생 경외하며 살겠습니다. 혹시 원래 꿈꾸던 길로 가시겠다면 그렇게 하십시오. 그럼 저는 다음 생애에 오래된 책 속에 숨어서 주인을 기다리는 은행나무 이파리처럼 그대를 기다리겠습니다. 이번 생이든 다음 생이든 우리는 함께할 거예요…. 마지막으로, 당신이 믿는 종교에서 한 사람의 영혼을 구하는 게 그토록 중요한 일이라면, 그 한 사람이 이원승이면 안 되겠습니까?"

그 말을 끝으로 전화를 끊고는 수화기를 붙잡고 울었다. 나는 오랫동안 울음을 그치지 못했다. 결국 경신은 마음을 움직였고, 이탈리아에서 하던 공부와 음악 활동을 모두 접고 한국으로 돌아왔다. 경신의 집에서도 우리 집에서도 난리가 났다. 어머니는 몸져누웠고 경신의 오빠들은 나를 찾아왔다. 처음에는 우리 쪽에서만 반대했는데 급기야 양가가 모두 막고 나서는 상황이 되었다.

원숭이가 나무에서 떨어지면? 땅에서 살면 되지!

경신은 경신대로 나는 나대로 가족들을 설득해나 갔다. 사실 반대를 하더라도 경신 쪽이 더 격렬해야 하는 상황인데 오히려 그쪽은 그리 오래가지 않아 정리되었다. 가족들을 뿌리치고 기도원에 들어간 경신이 며칠 후 돌아와 무슨 일이 있어도 나와 결혼하겠다고 선언한 터였다. 독실한 크리스천인 아버님은 기도 끝에 하나님의 응답을 받았다는 딸의 말을 의심치 않았다.

문제는 여전히 우리 집안이었다. 어머니를 설득하려고 별의별 수단을 다 동원했다. 하지만 끝까지 어머니는 경신을 며느리로 받아들이지 않으셨다. 나는 어머니에게 나의 길을 가겠다고 말씀드리고 혼자 결혼을 준비했다. 결국 어머니는 결혼식에 오지 않으셨다.

2003년 2월 3일 그렇게 우린 결혼했다. 결혼은, 경신과 함께 하는 삶은 내게 많은 변화를 가져다주었다. 우선 순탄치 않았던 과정을 보상이라도 하듯 결혼 이후에는 모든 일이 순조로웠다. 디마떼오는 갈수록 손님이 많아져서 건물 1층만 운영하던 매장을

3층까지 확장했다. 그토록 바랐던 아이도 이듬해에 태어났다. 딸이었다. 2년 후에는 아들도 태어났다.

딸과 함께 찾아갔을 때 어머니는 어린 천사의 미소에 마음을 빼앗기고 그간 품었던 맹목적인 의구심을 거두셨다. 오랫동안 벌어졌던 사이가 아이로 인해 회복된 것이다. 우리 부부는 결혼 2년여 만에 어머니를 가까이 모시고 살 수 있었다.

결혼 이후 나는 점점 다른 사람이 되어갔다. 사랑을 통해 구원받고 신앙을 가지면서 끊임없이 자신을 되돌아보았다. 이전까지 평생을 자기중심적으로 살아왔다면 결혼 이후 되도록 다른 사람을 배려하면서 살고자 했다. 모든 것을 주관적으로 판단하고 변명하며 살아온 삶에서 벗어나 최대한 나를 객관적으로 바라보려고 노력했다. 먼 미래의 시선으로 오늘을 바라보며 매일 감사하며 살고자 힘썼다. 그런 시간이 차곡차곡 쌓이면서 어느 순간 나는 스스로를 '그'라 느끼며 객관적으로 내 삶을 바라보았다.

PART 2
인생은 코미디, 아니면 연극?

내가 전학을 가기로 한 까닭은?

"엄마, 나 전학 갈 거예요."

"전학 가도 될까요?"도 아니고 "전학 가게 해주세요"는 더더욱 아니고, "전학 갈 거예요"였다. 막 6학년이 된 어느 날이었다. 반장 선거에서 떨어졌지만 보란 듯이 학생회장 선거에 당선된 며칠 뒤였다.

그때 집안 분위기는 바람 빠진 풍선 같았다. 어릴적 우리 집은 아버지의 동지들로 항상 전쟁터처럼 시끌벅적했는데, 1년 전 아버지가 국회의원 선거에서 낙선한 후로는 사람들이 썰물처럼 빠져나가 급격히 활력이 떨어진 참이었다. 이런 차분한 분위기가 내겐 혼란스러웠다.

아버지는 한산 읍내에서 유일한 극장인 '한산극장'을 운영하며 지역 발전을 위해 많은 노력을 기울인 유력한 진보 인사였다. 한산지역 문화관광을 위해

53

'소곡주'를 특산화한 장본인이며 누구보다 먼저 '한산 성곽 둘레길'을 만들기도 했다. 서천군에서 일찌감치 전기가 들어온 곳이 바로 한산면이었는데 이 또한 아버지가 자가 발전소를 운영한 덕분이었다. 지역 경제를 살리겠다는 신념으로 노선버스를 유치하기도 했으며, 유실수를 심어 대지 6만 평의 한산농장을 운영해 〈대한 뉴스〉에 '밤나무왕'으로 소개되기도 했다. 평생 야당에 몸담아 정치 활동을 하며 삭발 투쟁을 하기도, 일명 '큰집' 생활을 한 적도 있었다.

아버지는 기골이 장대하고 무서운 분이었다. 정치뿐만 아니라 다양한 사회 운동으로 동분서주한 탓에 집에 오래 머무는 적이 없었다. 툭하면 사라지셨다가 며칠 만에 나타나고, 한동안 모습을 보이지 않은 채 이 지역 저 지역에서 활동한다는 소식만 전해 듣기가 다반사였다.

내가 자랄 때만 해도 초등학교에서 반공 교육을 참 열심히 했다. '삐라'를 줍거나 간첩으로 보이는 사람을 봤을 때 신고 요령도 배웠다. 처음 반공 교육을 받을 때 선생님 말씀이, 한동안 안 보이다가 갑자기 나타나는 사람을 간첩으로 의심해봐야 한다고 했다. 가만히 생각해보니 바로 아버지가 그런 사람이었다. 한 동안 아버지가 간첩일지도 모른다는 의심을 품었을 만큼 바람처럼 사셨다.

마치 김삿갓 같았던 아버지는 가족이 감당하기에 버거운 분이셨다. 평생 세 번에 걸쳐 선거에 나갔다가 모두 떨어지셨는데, 낙선할 때마다 혹은 공적인 활동을 위해 일을 벌일 때마다 빚이 눈덩이처럼 불어났다. 일을 벌이는 사람은 항상 아버지였지만 뒷수습은 늘 어머니의 몫이었다. 이상주의자였던 아버지 덕분에 어머니는 현실주의자일 수밖에 없었다.

"재미가 없어서요."

왜 대전으로 전학 가고 싶으냐는 어머니의 물음에 나는 그렇게 답했다. 어머니는 더 이상 말이 없으셨다. 남편보다 더 믿고 의지한 아들이 품을 벗어나겠다고 하니 상심이 더욱 크셨던 모양이었다. 한약방 집 딸로 태어나 유복하게 성장해 결혼 전 초등학교 교사로 재직했던 어머니는 누구보다 아이들의 마음을 잘 꿰고 있었다. 한산극장에서 살다시피 하며 온갖 영화들을 섭렵하고 당대 스타들의 쇼단 공연도 빼

인생은 코미디, 아니면 연극?

놓지 않고 보며 즐거워하던 나였다. 언젠가부터 모든 것에 심드렁해진 내 마음을 어머니가 모를 리 없었다.

결국 나는 혼자 대전으로 유학을 떠났다. 대전은 한산과 비교할 수 없을 만큼 넓은 세상이었다. 또래 아이들이 많았고 마음만 먹으면 놀 거리도, 할 거리도 많았다. 기독교계 미션 스쿨인 대성중학교에 입학해 공부도 열심히 하고 응원단장 자리도 꿰찼다. 점심시간이면 이 반 저 반 불려가 아이들을 웃기는 게 일이었다. 봄가을 체육대회에서 응원상은 언제나 내 차지였다. 재미있었다. 재미는 내가 무엇을 하든 간에 충족되어야 할 첫 번째 요건이었다.

연극이 그리 좋으냐?

개그맨으로 널리 알려졌지만 사실 나는 개그맨 이전에 연극인을 꿈꿨다. 연극배우로 지내고 연극 관련된 일을 한 세월이 개그맨 시절보다 훨씬 더 길다.

이야기는 중학교 1학년 여름 성경학교 캠프로 거슬러 올라간다. 내가 다니던 대전의 대성중학교뿐만 아니라 재단 내 여러 학교의 임원들이 참여하는 프로그램이었는데, 그곳에서 레크리에이션 강사로 참여한 숭전대 학생이자 훗날 대전 연극계의 거목이 된 도완석 형을 만났다. 그는 미리 준비한 연극의 브리지에 참여할 학생을 즉석에서 뽑았는데, 당연하게도 한창 주변을 휘저었던 내가 캐스팅되었다. 상체를 뒤덮는 기다란 모자를 쓰고 배에 얼굴을 그리고 짧은 바지를 입어 신체 비례를 과장한 채 배꼽춤을 추는 작은 역할이었다. 보잘것없는 배역이었지만 우스꽝

인생은 코미디, 아니면 연극?

스러운 분장이 눈에 띄기도 하고 춤까지 코믹하게 잘 추는 바람에 주인공보다 몇 배나 더 뜨거운 반응을 얻었다. 3분 남짓한 시간 동안 일거수일투족에 시선이 집중되는 짜릿함, 환호하며 즐거워하는 관객들을 경험하면서 나 역시 황홀경에 빠졌다. 인생의 진로가 결정된 순간이었다. 그 일을 시작으로 중학교 2학년 때부터 도완석 형을 따라 여기저기 공연장을 누볐다.

연극에 너무 빠진 탓일까. 아니, 사실 나보다 공부를 잘하는 학생이 많아서였을 거다. 나는 목표했던 대전고등학교에 진학하지 못했다. 당시 대전은 전국 6대 도시 가운데 유일한 비평준화 지역이었고, 대전고등학교는 전국의 수재들이 몰려드는 최고의 격전장이었다. 겨우 합격 커트라인에 걸렸으나 동점자 처리 규정에 따라 고배를 마시고 말았다. 대신 불교 계통의 보문고등학교에 진학했으니 극과 극의 변화였다. 미션 스쿨인 대성중학교에는 교실마다 성화가 걸려 있었는데 보문고등학교에는 반마다 탱화가 걸려 있었다.

그렇다고 고등학교 생활이 크게 다르진 않았다. 나는 여전히 활달했고 한창 연극에 매료되어서 재능을 쌓는 일에 열성을 다했다. 1학년 때는 충청남도 교육청이 주최한 충남교련경연대회에서 전체 응원단장 역할을 했다. 그때부터 고등학교와 대학교 축제에 불려 다니며 나름의 유명인사가 되었다.

아이가 공부는 안 하고 연극판만 쫓아다닐 때 벌어지는 일은 예나 지금이나 크게 다르지 않다. 당시 우리 가족은 아버지의 낙선 여파에 시달리다가 결국 극장과 농장을 정리해 빚을 청산하고 대전으로 이사 온 상태였다. 내가 연극에 미쳐서 돌아다니는 것을 한집에 사는 부모님이 모를 리 없었다. 당연히 어른들은 외아들의 행실에 대해 걱정하기 시작했고 자연스럽게 '원흉'인 도완석 형이 거론되었다.

어느 날 아버지가 도완석 형을 만나보겠다고 하셨다. 아버지와 함께 형을 만나러 가면서 혹시 아버지가 그의 멱살을 잡고 흔들다가 멀리 던져버리기라도 할까 봐 걱정이 태산이었다. 다행히 아버지는 품위를 유지한 채 형을 대했다. 다만 아들이 이제 고1인데 연극만 해서는 나중에 다른 선택을 할 때 문제가 생기지 않겠느냐, 지금은 공부에 집중할 수 있도록 협조

59

해달라고 완곡하게 타이르셨다. 아버지의 기에 눌리지 않고 역시 최대한 예의를 갖추며 형이 말했다.

"아버님 뜻이 그러시다면 이제 그만 부르겠습니다. 하지만 아드님은 나중에라도 다시 꼭 무대에 설 친구입니다."

마치 무림의 두 고수가 조용히 합을 겨루는 모습을 보는 듯했다. 아무튼 도완석 형은 그날 이후 더 이상 나를 불러내지 않음으로써 아버지와 한 약속을 지켰다. 반면 난 형이 아니더라도 연극을 할 수 있는 길을 찾아 돌아다님으로써 그의 예언을 사실로 증명해 보였다.

수소문 끝에 연극을 하기 위해 찾아간 곳은 대전 MBC의 오덕균 PD가 이끄는 MBC극회였다. 오덕균 PD는 라디오 송출 방송이 대부분이었던 지역 방송의 특성을 살려 성우를 키우기 위해 연극회를 조직했으며, 훗날 많은 개그맨을 발굴해 대전 출신 개그맨의 전성시대를 연 분이다. 최병서, 김정렬, 황기순 등이 그의 안목으로 개그맨이 된 인물들이다. 나 역시 오덕균 PD의 눈에 들어 대전 가톨릭 문화회관에 올린 창작연극 〈오호! 종달새〉의 주연을 맡으며 연극 활동을 이어나갔다.

〈오호! 종달새〉를 준비하며 매일 새벽에 일어나 대사를 외웠다. 연극을 반대하는 아버지의 감시를 피하기 위해서는 어쩔 수 없었다. 안방에서 가장 먼 위치에 있는 화장실이야말로 소리 내어 대사를 외우기에 최적의 장소였다. 그러다가 결국 일이 터지고 말았다. 대본을 화장실 벽에 붙이고 변기에서 꾸벅꾸벅 졸고 있는 모습을 아버지에게 들킨 것이다. 죽었구나. 아버지와 눈이 마주친 순간 내 머릿속에는 이 한 문장만 떠올랐다.

그런데 예상치 못한 일이 벌어졌다. 불같이 화를 낼 줄 알았던 아버지는 나를 차분하게 바라보시더니 조용히 문을 닫으며 한마디를 남기셨다.

"연극이 그렇게 좋으냐? 그럼 잘해야 한다."

인생은 코미디, 아니면 연극?

누구나 하나쯤 '인생 연극'이 있다

내가 본 수많은 연극 중에서도 '인생 연극'을 한 편 꼽으라면 단연 추송웅 선생이 연기한 〈빨간 피터의 고백〉을 꼽겠다. 명동 삼일로 창고극장에서 1977년 초연한 작품은 신문 문화면을 넘어 사회면과 9시 뉴스 메인 꼭지로 보도될 만큼 폭발적인 인기를 누린 화제작이었다. 말을 배운 원숭이가 인간 사회에서 겪은 다양한 이야기를 보고하는 모노드라마 형식의 연극으로 추송웅 선생이 타계할 때까지 불멸의 대표작으로 남았다.

추송웅 선생은 원숭이의 움직임을 연구하기 위해 몇 달간 어린이대공원 원숭이 우리로 출근했고, 심지어 폭우가 쏟아지는 날조차 사육사에게 사정해 우리 안으로 들어가 동작을 따라 하며 연습했다고 한다. 우연히 그 앞을 지나가던 관람객이 사람 형상의 원숭이를 보고 비명을 지르며 도망쳤다는 전설 같은 이야기가 연극의 인기와 더불어 회자되기도 했다.

지방에서도 상연 요청이 쇄도해 전국 순회를 시작했는데, 나는 대전에서 이틀 동안 이어진 4회 공연을 모두 관람했다. 〈빨간 피터의 고백〉을 접한 것은 내 평생을 뒤흔든 사건이라 해도 좋았다. 시간이 어떻게 지나가는지도 몰랐다. 공연이 끝나고도 한동안 자리를 뜨지 못할 만큼 큰 충격을 받았다. 무엇보다 추송웅 선생이 숨을 멈추면 관객 모두 따라서 숨을 멈추고, 다시 숨을 쉬면 관객도 따라 숨 쉬는 모습이 인상적이었다. 배우 한 사람이 어떻게 분위기를 압도해나가는지, 배우란 이렇게나 많은 사람들을 집중시키고 영향을 미칠 수 있는 존재라는 사실을 온몸으로 느낀 순간이었다. 마치 종교 행사에 참석한 기분이 들 만큼 신묘하고 충격적이었다. 둥실, 마음에 보름달이 떠올랐다. 너무나 충만하고 밝은 무언가를 보고 있는 느낌이었다. 바로 저거야. 저걸 향해 가야지. 앞으로 내가 무엇을 해야 할지 그때 분명히 깨달았다.

인생은 코미디, 아니면 연극?

합격 보장! 나의 면접 비법

1979년 고등학교를 졸업했다. 생각만큼 성적이 안 나왔던 나는 재수학원 대신 대전 연극계의 대부인 배재대학교 정성규 교수의 품 안으로 뛰어들었다. 그만큼 연극에 미쳐 있었다. 이미 지역 연극계에서는 나를 모르는 사람이 거의 없었으니, 여세를 몰아 정성규 교수가 주재한 한밭극회와 배재극회에 참여해 이재현 작 〈엘리베이터〉, 차범석 작 〈장미의 성〉, 도완석 작 〈순교자〉, 이재현 작 〈멀고 긴 터널〉 등 극회가 올리는 모든 연극에 출연했다.

하지만 무대에 오를 때마다 제대로 된 기초 지식이 필요하다는 생각이 샘처럼 솟구쳤고, 결국 연극을 전공해야겠다는 결심으로 이어졌다. 당시에는 대학이 학생 모집 시기에 따라 전기 대학과 후기 대학으로 나뉘었는데, 목표는 연극영화학과를 보유한 유일한 전기 대학인 중앙대학교였다. 예비소집일에 가보니 과연 유일한 전기 대학답게 전국에서 연극 좀 한다는 학생들이 꽤나 모여 있었다. 재학 중인 선배들은 괜스레 입시 지원생들의 기를 꺾겠다고 대기실로 찾아와 춤이나 노래, 짧은 연기를 시켰는데, 곁눈으로 봐도 다들 예사롭지 않은 재주를 가지고 있었다. 끼도 끼지만 하나같이 잘생기고 예쁜 학생들뿐이었다. 경쟁자들의 재능과 외모를 파악하고 나니 아무리 계산을 해봐도 답이 나오지 않았다. 신입생 모집 정원은 총 40명, 그 가운데 연극 전공은 20명. 남자 정원은 10명에 불과하니 단순 계산으로 따져보더라도 적어도 100 대 1의 경쟁을 뚫어야 했다. 특별한 한 방이 필요하다는 생각이 들었다.

내 차례가 되어 실기시험장에 들어갔다. 곧이어 준비해두었던 비장의 카드를 꺼내 들었다. 스탠딩 코미디였는데, 돌아보면 내 인생에서 손꼽을 만한 최고의 공연 중 하나였다.

"심사하시느라 힘드시죠? 잠시 제가 좀 웃겨 드리겠습니다. 제목은 '동시통역 타잔'입니다."

65

심사위원을 맡은 교수님들은 다들 '저건 뭐야?' 하는 표정을 지었다. 벌써 다음 지원자 서류를 들여다보는 교수님도 있었다. 나는 개의치 않았다.

"Once upon a time, Tarzan & Tarzan's wife Jane live in jungle. In jungle live many many animals. For example, Tiger, Lion, Elephant and '악어'. '악어' English I don't know!"

그때 심사위원 한 분이 웃기 시작했다. 아예 노골적으로 그분만 바라보고 공연에 몰두했다.

"One day, Jane swim in the river without panty. No brassiere, of course. Yes, very sexy. Suddenly '악어' came in the river. Jane Surprise. 'Help me!' 'Help me!' Tarzan heard and said. 'Don't worry. I fly on your head. Catch my leg.' Tarzan fly from tree to tree with '칡넝쿨'. But Jane mistake. She catch another leg. Tarzan cry. 'Ah, Ah~a. Ah~a~ah~a."

반응이 왔고 모두가 웃으며 손뼉을 쳤다. 처음부터 응시하던 교수님은 다른 건 없냐고, 하나만 더 해보라고 채근했다. 좋아, 지금이다! 나는 당당하게 마지막 카드를 날리고 실기시험장을 나왔다.

"제가 지금은 바빠서 나가봐야 합니다. 대신 3월 2일 입학식 때 뵙고 다른 것을 보여드리겠습니다."

그날 밤 잠자리에 누웠을 때 함께 서울에 올라온 아버지가 "실기 면접은 어떻게 봤냐?"고 물으셨다. 나는 돌아누우며 무심한 듯 말씀드렸다.

"떨어지면 중앙대가 인재를 놓치는 거죠."

얼마 후 합격자 명단을 적은 벽보에서 내 이름 석자를 확인했다. 그것도 맨 위쪽에서. 연극영화학과에 합격하며 무려 장학금까지 받은 것이다.

인생은 코미디, 아니면 연극?

군대에서 키운 입담

대학에 입학한 1980년은 사회적 대혼란기였다. 광주민주화항쟁을 거치며 모든 대학에 휴교령이 내려졌고 모든 수업이 중단되었다. 나를 포함한 대학생들의 생활이 온전할 리 없었다. 어차피 공부도 할 수 없으니 어수선한 대학 생활을 잠시 접고 군에 입대하기로 했다.

강원도 철원에서 포병으로 복무하던 나는 포에 무릎이 부딪혀 연골이 파열되는 큰 부상을 입었다. 그길로 후송되어 수술을 받고 이동 야전병원과 청평 후송병원, 대구 통합병원을 전전했다. 그 당시 내 일상의 가장 큰 즐거움은 밤마다 환자들을 불러 모아 웃기는 일이었다. 사람들에게 웃음을 주는 일의 가치를 깨달은 것도 그즈음이었다. 중고등학교 때부터 늘 해오던 일이었지만 군대 생활을 통해 비로소 개그맨이란 직업에 관심을 둔 것이다.

1982년 초 결국 무릎 때문에 군 생활 1년 만에 의병 제대하고 복학했다. 그리고 자연스럽게 6월에 열린 MBC 개그맨 콘테스트에 도전했다. 준비 기간은 짧았지만 병원에 누워 있는 내내 환자들을 대상으로 충분히 트레이닝을 마친 상태였으므로 잘할 자신이 있었다. 대회 결과 동상을 받았고 최병서, 황기순 등과 함께 개그맨이 될 수 있었다. 당시에는 콘테스트 수상자 이름이 신문에도 실렸는데, 합격자 명단에서 개명 전 이름인 '이성규(중앙대 연영과 2학년)'를 확인한 아버지가 내게 전화를 하셨다.

"중앙대 연극영화학과에 너 말고 이성규가 또 있냐?"

"아니요. 아버지 그게 저예요."

아버지는 연극을 하기로 했으면 연극을 해야지, 왜 다른 길로 빠지려 하느냐고 꾸짖었다. '줏대 없는 놈'이라고 못마땅해하시면서 한동안 인사조차 받지 않을 만큼 노여워하셨다.

부자 관계는 나쁜 편이었지만 방송 운은 좋은 편

이었다. 동기들 가운데 가장 먼저 TV에 얼굴을 내밀었고 출연한 지 3주 만에 고정출연자 자리를 꿰찼다. 팝송 가사에서 우리말처럼 들리는 부분을 찾아 소개하는 〈ET DJ〉 코너가 히트를 친 것이다. 드라마로도 영역을 넓혀 〈햇빛사냥〉이라는 캠퍼스 드라마에서 최명길과 고정출연했고, 박철수 감독이 연출한 단막극 〈혜미의 서울〉에서는 주인공을 맡았다. 영화는 물론 CF도 몇 편 찍었다.

나이와 노력에 비해 엄청나게 많은 돈을 갑자기 거머쥐었다. 동기들 가운데 가장 먼저 차를 사고 집까지 장만할 정도였다. 1985년에는 영등포여고 앞에 선물가게를 내기도 했다. 아버지가 정치 활동 실패로 진 빚 때문에 집에서 쫓겨날 판이라는 사실을 알게 되어 당장 어머니를 서울로 모셔 왔을 때였다. 가족의 생계를 위해 고정수입이 필요하다는 생각이 앞서 치밀한 계획 없이 가게를 차렸다.

그런데 개그맨으로 이름을 알린 후이다 보니 첫날부터 대박을 터뜨렸다. 선물가게는 동료들의 아지트가 될 만큼 개그맨들 주변에도 이름이 알려졌다. 이경규, 김정렬, 황기순, 강석, 탤런트 김주승 등이 선물가게에 단골 멤버로 드나들었다. 이들과 함께 테이블에 앉아 회의하거나 수다를 떨고 있으면 가게 문 앞은 여고생들로 인산인해를 이뤘다. 거기에다 매일 밤 30분 단위로 촘촘하게 짜인 밤무대 스케줄로 눈 코 뜰 새 없는 시간이 이어졌으니, 그야말로 승승장 구하던 시절이었다.

인생은 코미디, 아니면 연극?

원숭이, 너는 내 이름

　사람들이 내게 가장 궁금해하는 것 중 하나는 정말 이원승이 본명이냐는 것이다. 설마 어느 부모가 원숭이 닮은 애를 낳았다고 자식 이름을 그와 비슷하게 지을까. 그렇다고 본명이 아닌 건 아니고, 개명해서 본명이 된 이름이다. 부모님이 지어주신 이성규라는 이름을 뒤로 하고 이원승이라는 이름을 쓰게 된 데에는 나름의 사연이 있다.

　인기 라디오 프로그램 〈김기덕의 2시의 데이트〉의 고정 게스트로 출연했을 때다. 내 순서 앞 코너에 성명학을 재미있게 풀이해주는 최혜경 씨가 고정출연 중이었다. 어느 날 김기덕 선배가 그분에게 나를 소개했는데 별로 달가워하지 않는 눈치였다.
　한창 잘나가는 개그맨이었던 나는 괜한 오기가 생

겨 일부러 "이성규라고 합니다. 잘 부탁드립니다"라고 이름을 또박또박 발음하며 인사했다. 그러자 그는 어른한테 인사할 때는 어떤 한자를 쓰는지도 말하는 게 예의라며 훈계하는 게 아닌가. 냉큼 별 '성'자에 한산 이 씨 돌림인 홀 '규'자를 써 보였다.

한데 반응이 여전히 심드렁했다. 슬슬 오기가 발동했다.

"제 이름이 마음에 안 드시나 본데, 성명학을 하신다니 아예 이름을 새로 지어주시죠!"

그가 대꾸했다.

"내가 짓는 이름값은 비싸서 못 쓰네."

"돈 걱정은 마시고요. 그래서 얼만데요?"

일이 커졌다. 옆에 있던 김기덕 선배가 난처해하며 아끼는 동생이니 잘 봐달라고 할 만큼 분위기가 차가워졌다. 그때 펀치가 날아왔다.

"150만 원!"

미아리 작명소에서 짓는 비싼 이름값이 2만 원 하던 시절이었다. 밤무대 피크 타임에 한 달간 고정출연해서 받는 돈이 90만 원일 때였다. 그런데 150만 원이라니. 말로 들어야 할지 욕으로 들어야 할지 어

73

이가 없었다. 하지만 이미 선을 한참 넘은 상태여서 돈보다는 자존심이 중요했고 결국 객기가 발동했다.

"오케이, 언제쯤 이름 가져오실 수 있죠? 예, 2주 후에 뵙겠습니다."

2주 후 최혜경 씨가 가지고 온 이름이 바로 이원숭이었다. 서양식으로 성과 이름을 바꿔 부르면 원숭이. 뭐 그냥 원숭이네. 기가 막히고 코가 막혔다. 주위에서 원숭이처럼 생겼다는 말을 종종 듣곤 했지만, 이미지가 굳어질까 봐 개그 소재로도 일부러 경계하던 터였다. 그런데 아예 대놓고 이름으로 쓰라고 하다니 어이가 없었다. 한데 듣자 하니 그분 말씀도 나름대로 일리가 있었다.

"원래 자네는 정승으로 태어났어. 그런데 이름 때문에 길이 틀어져 딴따라를 하고 있으니 원래 이름을 가져야지. 그래서 '원승原丞'이야."

그래도 마음이 내키지 않았다. 하지만 마음에 들지 않는다고 하면 돈 없어서 빼는 것처럼 보일 것 같았다. 썩 만족스럽지 않으니 할인해줄 수는 없나요? 이건 자존심이 허락하지 않았다. 그러니까 물릴 수도

깎을 수도 없는 상황이었다. 2주 전까지 '아끼는 동생'을 역설하던 김기덕 선배는 그날따라 속절없이 웃기만 했다. 계좌번호를 물어봐야 할 타이밍이었다. 고민 끝에 입을 떼려는 순간, 그가 말했다.

"보아하니 아버지 건강이 안 좋으시네. 자네도 일은 잘되고 있지만, 집안까지 떠안고 있으니 썩 좋은 상황은 아니고. 더구나 김기덕 씨와의 관계도 있고 하니 이름은 그냥 선물로 줌세. 150만 원 이상 가치 있는 이름이니까 꼭 쓰고, 대신 나중에 어떻게 지은 이름이냐고 사람들이 물으면 내 이름을 꼭 얘기해 주게."

모두가 개명을 반대했다. 여태 이성규로 이름을 알리고 왜 바꾸느냐, 너무 원숭이가 떠오른다 등등 조언이 쏟아졌다. 한창 활동 중에 개명하면 방송 관계자들도 혼란스러워할 테고, 시청자들도 새 이름을 인식하는 데 시간이 걸릴 수 있었다. 더군다나 당시에는 개명이 흔치도 않고 쉽지도 않은 일이었다. 개명 서류를 접수하면 전과 기록부터 확인하던 시절이었다.

인생은 코미디, 아니면 연극?

그럼에도 불구하고 나는 이성규에서 이원승이 되었다. 다행히 결과는 우려했던 것과 달랐다. 마침 코미디 프로그램 개편과 함께 활동했던 김정렬과 '스승과 제자' 콘셉트의 새 코너를 준비할 때였다. 산신령 복장을 한 김정렬이 제자인 나에게 질문을 던지고 내가 제대로 된 답변을 하면 틀렸다고 꾸짖고는 엉뚱한 해석을 하며 웃기는 형식의 코너였다.

"이 주스가 무슨 색으로 보이느냐?"

"오렌지 주스 아닙니까? 노랗게 보입니다."

"그것은 너의 싹수가 노랗기 때문이다."

뭐 이런 식이었다. 큰 기대 없이 브리지 개념으로 만든 짧은 코너가 방송을 탄 이후 엄청난 인기를 끌기 시작했다. 따라 하기 쉽고 김정렬이라는 개그맨 특유의 입 모양이나 발음, 목소리가 묘하게 웃음을 유발한 것이다. 특히 코너를 시작할 때마다 김정렬이 특유의 장난스러운 목소리로 "원승아~ 원승아~"라고 부른 것이 아예 유행어가 되었다.

코너가 크게 히트하면서 사람들은 언제부턴가 이성규를 잊고 나를 이원승으로 인식하기 시작했다. 원숭이를 닮은 외모에 이름까지 원승이니 기억하기 쉬

윘으리라. 급기야 이름을 바꾼 사연이 매스컴을 타면서 성명학자에 대한 관심이 쏟아져 최혜경 씨는 6개월 이상 예약이 꽉 찰 정도로 대박이 났다.

연극판으로 돌아가다

개그맨 생활을 한 지 10년을 채운 1991년, 방송을 접고 원래의 목표이자 나의 고향인 연극 무대로 돌아갈 결심을 굳혔다. 한 번 밖에 못 사는 인생, 얼른 또 다른 삶을 살고 싶었다. '개그맨 10년, 그 후 연극배우'는 내 두 번째 인생 설계이기도 했다. 방송을 접고 연극을 하겠다는 뜻을 비치자 소식은 순식간에 방송국 전체에 퍼졌다. "은퇴한다는 게 사실이에요?" 많은 이들이 물었다. "응, 은퇴하는 게 아니라 조퇴하는 거야. 다른 할 일이 있거든." 나는 자신감이 넘치는 목소리로 답했다.

방송 환경이 매우 빠르게 바뀌던 때이기도 했다. 정통 코미디가 서서히 막을 내리고, 얼마 지나지 않아 그 자리에 토크쇼가 들어서며 개그맨들이 MC로 진출하기 시작했다. 상황이 달라지고 있다는 것을 충분히 감지할 수 있었다. 물론 방송 환경의 변화가 마음을 움직인 건 아니었다. 사실 방송 환경의 변화는 큰 위기로 다가오지 않았다. 때마침 우리나라에 처음 도입되었던 시트콤이라는 장르에서 능력을 발휘할 수도 있었을 것이다. 하지만 나는 연극에 대한 오랜 의지와 목마름이 더 강했다.

연극판에 뛰어들기 위해 방송을 하는 중간중간 대학로를 오가며 당시 가장 촉망받던 강영걸 연출가를 무작정 찾아갔다. 〈불 좀 꺼주세요〉, 〈그것은 목탁구멍 속의 작은 어둠이었습니다〉 등을 연이어 히트시키며 대학로에서 최정상을 달리고 있던 베테랑 연출가였다. 그는 내 방문을 썩 반기지 않는데, 연극에 대한 나의 관심이 그저 한 개그맨의 객기 정도로 비친 모양이었다. 어린 시절의 무대 경력이나 대학 전공, 절절한 진심조차 결코 그의 흥미를 끌지 못했다.

'삼고초려'라는 말이 괜히 있으랴. 세 번을 넘겨 그를 찾아갔다. 개그맨 생활 10년은 연극을 잉태하기 위한 과정이었다고, 최소한 3년은 방송에 출연하지 않고 연극에만 몰두하겠다고 했다. 하도 괴롭히자 그

79

가 마음의 문을 조금 연 듯 물었다.

"왜 3년인데요?"

"서당 개도 3년이면 풍월을 읊으니까요."

그가 웃었다. 그렇게 우리는 손을 잡았다.

강영걸 연출가를 만나서 제작한 나의 첫 연극은 극작가 김영무가 쓴 〈하늘턴따지〉였다. 처음에 내가 무대에 올리고 싶은 작품은 어린 시절 강렬한 인상을 받은 〈빨간 피터의 고백〉이었다. 강영걸 연출가는 반대했다. 당대 최고의 작품이니 공연하면 좋겠지만 내가 한다면 득보다 실이 더 클 거라는 것이었다. 연극 경력이 일천한 개그맨의 공력으로는 빨간 피터의 대명사인 추송웅을 뛰어넘을 수 없거니와, 무대에 올리는 순간 원숭이로 이미지가 굳어진다는 것이 이유였다. 대신 강영걸은 가방에서 미리 준비한 대본을 하나 꺼냈다. 그게 〈하늘턴따지〉였다. 한 소년이 유산을 얻기 위해 목포에서 속초까지 무전여행을 떠난다는 내용으로, 판소리 원형을 따라 배우와 고수가 대거리하면서 공연하는 일인극으로 만들었다.

1992년 7월 1일 대학로 바탕골소극장에서 〈하늘

턴따지〉의 첫 무대를 올렸다. 1982년 6월에 개그맨이 되었으니 정확히 10년의 세월이 흐른 뒤였다. 연극은 한마디로 대박을 쳤다. 3년간 롱런했고 전국 순회는 물론 미국 순회까지 다녀왔을 정도였다.

첫 작품을 성공시키고 박완서 소설가의 작품을 원작으로 한 〈나의 가장 나종 지니인 것〉을 두 번째 작품으로 택했다. 박완서 선생은 처음에는 소설로 연극을 만들겠다는 개그맨의 접근이 썩 미덥지 못했는지 거절할 심사로 관례보다 서너 배나 높은 저작권료를 부르셨는데, 나는 그 요구를 선뜻 수락하고 사인을 받아냈다. 모노드라마로 각색해 강부자 선생님이 연기한 이 연극은 대히트를 기록했다. 세 번째 작품은 꽹과리 명인 이광수 선생을 주축으로 한 〈소리굿〉을 무대에 올렸다. 제작하는 연극마다 순탄하게 성공했다. 〈소리굿〉은 앞선 두 작품에 비해 흥행 면에서는 평작으로 그쳤지만 당시 무명이던 소리꾼 장사익을 세상에 알린 그의 데뷔 무대였다.

건물주가 되기 위한 필살기

나는 점점 연극의 매력에 깊이 빠져들었다. 방송 생활을 하지 않고 단지 연극을 무대에 올리는 것만으로도 단원들 월급도 주고 새 작품도 만들 수 있겠네! 내가 하면 다 잘되잖아? 자신감이 커지면서 슬금슬금 교만이 자라났다.

연극을 오래 하려면 내 극장이 있어야 할 것 같았다. 실제로 1992년 〈하늘텬따지〉가 대박을 친 다음 지방 순회공연을 마치고 다시 서울로 돌아왔을 때 극장이 없어서 엄청나게 고생한 기억이 생생했다.

결심하면 일을 벌여야 하는 법. 어떨 땐 운도 따른다. 마침 마음에 드는 건물을 발견했다. 그 길로 건물의 주인이자 1세대 건축가, 토탈미술관의 설립자인 문신규 회장을 무작정 찾아갔다. 여느 회장님들처럼 문신규 회장도 쉽게 만날 수 있는 분이 아니었다. 매일 새벽 회장의 집이 있는 평창동으로 출근하다시피 했다. 해조차 뜨지 않은 어두운 새벽녘, 대문 앞에 웬 이상한 젊은 놈이 찾아와 지키고 앉아 있었으니 사람들이 얼마나 놀랐을까. 물론 그 시간에 만날 수 있는 그 댁 사람이라고는 배달 우유를 가지러 나온 일하는 아주머니뿐이었다. 그때마다 우유 배달부가 놓고 간 우유를 굳이 다시 집어 전하며 회장님을 찾아왔노라고 했다. 아주머니는 "만나실 수 없다"는 말과 함께 '별 이상한 놈이 다 있군' 하는 표정으로 나를 쳐다보았다.

"대학로에서 연극을 하는 이원승이 찾아왔었다고 꼭 전해주세요."

문신규 회장이 내 이름을 듣고 호기심이라도 생겼으면 하는 마음에 그렇게 말하며 정중히 인사하고 돌아서곤 했다. 아주머니는 시종 웃는 내 얼굴을 더 이상하다는 듯 쳐다보았다.

그러던 어느 날, 올 게 왔다. 아주머니 대신 우유를 건네받으려고 기다리고 있던 문신규 회장을 만날 수

인생은 코미디, 아니면 연극?

있었다. 동이 막 터오는 새벽녘, 평창동 어느 저택의 거실에서 문신규 회장과 마주 앉았다. 최대한 충실하게 자초지종을 설명하고 대학로에 가지고 있는 건물을 내게 세놓으라고 했다.

"그러지요."

회장이 별 고민도 하지 않은 채 선선히 답했다.

"얼마를 가지고 있나요?"

전세금액을 흥정하려는 걸까. 재빨리 머리를 굴려 가진 돈은 1억 원뿐이라고 답했다.

"인테리어가 5천만 원은 들 테니 전세금은 5천만 원으로 해야겠군."

그렇게 건물이 내게로 왔다. 그날 내가 주로 이야기를 이끌어나가고 문신규 회장은 잠자코 들어주셨는데, 후에 듣자 하니 내가 돌아간 뒤 옆에서 지켜보던 부인이 "벌써 저 사람이 건물 주인 같다"며 당신에게는 재산일 뿐인데 저 사람에게는 정말 필요한 것 같으니 나중에 건물을 달라면 줘야 할 것 같다고 했다나?

과연 머지않아 그런 일이 벌어졌다. 청소면 청소, 일이면 일 어느 하나 빠짐없이 열심히 하는 나를 볼 때마다 문신규 회장은 나중에 돈 많이 벌어서 이 건물을 사라는 덕담을 해주셨다. 그런 말을 내가 흘려들을 리 없다. 세 번째 같은 덕담을 들었을 때, 미리 준비한 펜과 종이를 건네며 얼마를 모아서 드리면 무조건 내게 판다는 각서를 써달라고 했다. 그는 웃으며 흔쾌히 각서를 써주었고 나는 그때부터 무리해가며 돈을 마련했다. 몇 달 후, 나는 그 건물의 소유주가 되었다.

다 지난 뒤니까 하는 말이지만 그건 뱀이 제 몸보다 큰 코끼리를 먹은 꼴이었다. 인생이란 게 된다고 다 덤벼서는 안 될 때도 있다. 건물을 매입한 이후로 제작하는 연극마다 줄줄이 흥행에 실패하면서 나는 대출금의 이자조차 감당하기 쉽지 않은 지경에 이르렀다. 가정에도 불화가 생기고 하는 일마다 꼬였다. 그때까지 줄줄이 잘되었다면 그 이후론 줄줄이 안되었으니 인생이란 정말 알다가도 모를 일이다.

인생은 코미디, 아니면 연극?

영화 제안을 거절한 이유

첫 연극이 성공하면서 영화 출연을 제의받았다. 〈하늘편따지〉를 관람한 임권택 감독이 극 중 고수 역을 맡았던 대학 후배 오정해와 나를 만나자고 한 것이다. 임권택 감독은 준비하고 있는 영화의 배역으로 처음에는 오정해만 염두에 두었다가 연극을 보고선 나한테도 역할을 언급했다. 아주 특별한 기회였으나 입이 방정이었다. "원승 씨가 맡을 역할은 정해의 오빠 역할인데…"라는 말에 나는 거의 무의식적으로 대답해버렸다.

"제가 진짜 오빠도 아닌데, 무슨…"

기가 찰만큼 무례한 말을 뱉었던 진짜 이유는 임권택 감독의 제안을 진지하게 받아들이지 않았기 때문이었다. 좋지 않은 과거의 기억이 떠오른 것이다. 그보다 몇 해 전 한창 활발하게 방송 활동을 하던 시기에 당시 가장 촉망받던 배창호 영화감독이 방송국으로 나를 찾아온 적이 있었다. 배창호 감독은 "최인호 소설가의 작품을 원작으로 한 영화를 준비 중인데 주인공으로 기용하고 싶다"라고 제안했다. 이야기가 제법 진전되어 최인호 선생을 만나고 대본을 살펴보기도 했다. 그런데 무슨 영문인지 하루아침에 가수 김수철이 그 역할을 가져갔다. 그 영화가 당시 공전의 히트를 기록한 〈고래 사냥〉이었다. 그때의 기억이 마음속에 부정적으로 똬리를 틀고 들어앉아 임권택 감독의 제안을 온전히 받아들이지 못하고 마음을 열지 못하게 했다.

"감독님, 말씀만으로도 굉장히 고맙습니다. 하지만 저는 몇 해 전 배창호 감독과의 사연이 있어서 영화 쪽 캐스팅이 어떻게 돌아가는지 좀 압니다. 이 자리에 불러주신 것만으로도 영광입니다. 그러니 저는 너무 신경 쓰지 마시고요. 대신 오정해를 잘 봐주십시오."

이런 식으로 영화계에 대한 내 불편한 감정을 은근히 드러냈다. 얼마나 '쿨내'가 진동했을까. 그런데 번지수를 영 잘못 찾은 쿨내였다. 쿨해 보였을지언정

인생은 코미디, 아니면 연극?

또 한 편의 영화가 내게서 떠나가는 순간이었다. 임권택 감독으로서는 이렇게까지 말하는 사람을 굳이 캐스팅할 이유가 없었을 것이다.

결국 오정해는 내 연극의 고수 역에서 빠지고 영화 촬영에 돌입했다. 그녀는 간간이 내게 열심히 촬영하고 있다는 소식을 전해주었다. 후배 오정해가 임권택 감독과 함께 찍은 영화는 당시 국내 최다 관객 기록을 경신한 〈서편제〉였다.

말한 대로 이루어져라

　오태석 선생은 이원승이라는 배우를 세상에서 가장 잘 아는 연출가이자, 내가 다른 길을 걸을 때면 행여 연극배우라는 본분을 잊을까 봐 조언을 아끼지 않은 스승이다.

　선생과의 인연은 1994년으로 거슬러 올라간다. 선생은 우리나라 최초로 모노드라마를 극작하고 연출하는 등 실험정신으로 새로운 형식의 연극을 추구해온 극작가 겸 연출가로 유명했다. 우리는 연극배우 정진각 선배가 다리를 놓은 덕분에 만났는데, 그의 연극에서 세 가지 독특한 점을 발견하고는 매우 놀랐다. 배우들의 대사가 유독 잘 들린다는 점, 배우가 서로를 보지 않고 관객을 보며 대사한다는 점, 서구적 형식이 아닌 그만의 독특한 구성이 돋보인다는 점이었다.

이 예사롭지 않은 인물과 연극이 하고 싶어진 건 연극배우라면 당연한 일일 것이다. 때마침 일가 형님인 동성제약의 이선규 회장이 꿈에 돌아가신 어머니가 나타나 악극을 해보라고 했다면서 나를 불렀다. 후원할 테니 악극을 만들어 지방의 소외 지역을 다니며 공연을 해보는 게 어떻겠냐고 했다. 제안을 듣자마자 오태석 선생이 떠올랐고 그 역시 흔쾌히 내 손을 맞잡았다. 우리는 의기투합해 기존 작품인 〈불효자는 웁니다〉를 〈이원승이 웁니다〉로 개작한 후 1년간 함께 전국을 누비며 무료로 공연했다. 오래도록 열망했던 모노드라마를 깊이 배우고 느낀 시간이었다.

이후 한동안 피자집에 미쳐 살고 있을 즈음 선생이 매장으로 찾아왔다. 격려가 아닌 혼쭐을 내려고 방문한 것이었다. 그는 배우가 연극은 안 하고 왜 쓸데없는 짓에 시간과 에너지를 낭비하느냐고 호되게 꾸짖었다. 사업 때문에 정신없는 와중에 선생의 말씀이 죽비처럼 아프고 민망스러워 그동안 깊이 생각해본 적도 없는 말을 마치 준비라도 한 듯 내뱉었다.

"당장은 사업 때문에 바쁘지만 10년 안에 꼭 다시 무대에 설 계획입니다."

"10년?"

내가 면피용으로 되는 대로 한 말을 철석같이 받아들인 모양이었다. 선생은 이후 해마다 그 즈음이면 나를 찾아와서는 "9년 남았구나", "8년 남았네", "7년이구나" 하며 내가 뱉은 말을 상기시키고 돌아갔다. 5년쯤 지나서는 공연을 하려면 극장이 필요하니 디마떼오 건물 안에 무대를 만들라고 제안하기도 했다.

언젠가부터 〈전설의 고향〉처럼 나를 찾아오던 선생의 멘트가 "몇 년 남았구나"가 아니라 "어떤 작품이 좋겠니?"로 바뀌었고, 또 어느 순간부터는 "이 작품은 어떠니?" 하며 창작극을 보여주기도 했다. 대본을 놓아준 뒤 그럼 생각해보라며 씩 웃고 떠나는, 마치 착실한 영업사원 같은 뒷모습이었다. 나는 선생의 방문에 빚쟁이라도 된 듯 안절부절못했고 갈수록 조바심이 났다.

시간이 흘러 자연스럽게 작품을 구상하기 시작했다. 고민 끝에 선생이 보여준 여러 창작극을 마다하고 오래전부터 무대에 올리고 싶었던 〈빨간 피터의 고백〉을 선택했다. 나를 연극 무대로 이끌어준 작품이었고, 몇 번 무대에 올리려 했다가 뜻을 이루지 못했으니 이번만큼은 제대로 무대에 올려보고 싶었다. 원숭이 역할을 하면 자칫 이미지가 너무 한쪽으로 굳어질 수 있다는 선생의 걱정에는 "제가 원숭이 역할을 한다고 더 나빠질 게 있을까요? 어차피 이미지도 이름도 원숭이인데요, 뭐"라고 답했다.

선생은 〈빨간 피터의 고백〉으로 알려진 프란츠 카프카의 원작 〈어느 학술원에 드리는 보고〉A Report to an Academy를 말끔하게 각색했고, 나는 두 달 가까이 맹연습에 돌입했다.

2007년 6월 29일, 마침내 연극판을 떠난 지 정확히 10년 만에 무대에 올랐다. 나 자신과 맺은 약속을 지키는 수준을 넘어 오랫동안 잠들어 있던 연극에 대한 열정을 깨운 날이었다. 지나온 시간을 보상받고 싶었는지 더욱 깊이 몰입했고, 무대의 모든 에너지를 온전히 관객에게 전달했다. 연극이 가지고 있는 모든 희열과 미학이 그곳에 있었다.

거의 울다시피 하며 연극을 끝마쳤다. 아니 울면

서 한 공연이라고 해도 과언이 아니었다. 그만큼 복받치는 감정을 추스르지 못했다. 바로 이 순간을 위해 인생을 달려왔다는 감회가 파도처럼 밀려왔다.

공연 초반에는 추송웅 선생에 대한 헌정의 의미로 〈빨간 피터의 고백〉이란 제목을 그대로 살려 무대에 올렸는데, 추 선생 장남의 정중한 요청으로 〈이원숭이 원숭이〉라는 제목으로 바꿔 공연했다. 2007년에는 일주일에 나흘 동안, 2008년부터는 일주일에 하루, 수요일에 공연을 이어나갔다. 2009년부터 아내 경신이 매주 금요일 〈소프라노 김경신과 피아노 3중주 클래식 콘서트 '이음세'이야기와 음악이 있는 세상〉를 무대에 올리자, 디마떼오는 수요일과 금요일마다 문화가 있는 공간으로 다시 태어났다. 수요일 공연은 2013년까지 꾸준히 이어졌으나 2014년부터 간헐적으로 이어졌고 2015년 이후로는 한동안 쉬고 있다.

다시 무대에 선 것은 내게 세 가지 정도의 의미가 있다. 하나는 어떤 형태로든 꿈꾸었고 그것을 10년 만에 현실로 옮긴 것. 대부분 돈 때문에 연극의 꿈을 접기 마련인데, 경제적 자립을 이룬 후 접었던 꿈을

93

다시 펼쳤다는 것. 후배들에게 선배 연극인으로서 변화하는 과정을 보여주고 고전 작품을 시대와 공감하며 새롭게 해석해 보여줬다는 것.

'10년 후 다시 연극을 하겠다'는 면피용 멘트를 지키지 않았다면 어떻게 되었을까. 단지 사라져버릴 빈말에 불과했을 그것이 선생의 끊임없는 환기와 나의 의지로 약속이자 실천이 되었다.

어쩌면 인생이란 말로 뿌린 씨를 실천으로 수확하는 일이 아닐까. 사는 동안 수많은 약속을 입 밖으로 내뱉는다. 어떤 약속은 지키지 못한 쭉정이가 되고, 어떤 약속은 훗날 알곡이 되기도 한다. 실현하기 전까지 엄밀한 의미에서 약속이란 실체 없는 빈말이다. 반대로 우리가 뱉은 말들은 죽기 전까지 여전히 살아 있는 약속이기도 하다.

나는 Actor다, 고로 Act한다

나는 연극을 사랑한다. 연극이야말로 내가 평생 사랑한 것 가운데 하나다. 중학교 때 연극의 매력에 흠뻑 빠져 대학은 물론 박사 과정까지 밟으며 연극에 대한 광범위한 이론을 공부했으며, 스물두 살에 개그맨이 되고 서른두 살에 연극 무대에 복귀한 이래 끊임없이 무대에 섰다.

지금껏 매료되어 있는 연극의 최고 장점이자 한계는 바로 '현장성'이다. 연극은 다른 어떤 예술보다 그때가 아니면 느끼지 못하는 현장성이 강하다. 얼마든지 펼쳐 보이고 공감을 구할 수 있지만 오로지 현장에서만 가능하다. 관객이 없으면, 공감해주는 누군가가 없으면 결코 이루어질 수 없는 예술. 나는 바로 그 현장성을 사랑한다.

그런 면에서 연극만큼 인생을 닮은 예술은 없다.

인생은 코미디, 아니면 연극?

여럿이 함께 만들어야 하며, 누군가가 공감해주어야 하고, 결과만큼이나 아니 결과 이상으로 과정이 중요한 예술이다. 또한 연극이야말로 가장 좋은 교육적 도구이기도 하다. 길고 긴 인생을 압축해놓은 것은 물론이고, '모방성'을 통해 다양한 삶을 경험하고 시행착오를 최소화하며 문제를 풀어 볼 수 있다.

내가 연극을 하는 데 영감을 준 폴란드 출신의 연출가 예지 그로토프스키Jerzy Gortowski는 다양한 실험을 통해 연극의 영역을 넓힌 인물이다. 그는 전통적인 극적 효과와는 과감히 거리를 두는 대신 관념을 허물며 연극의 새로운 흐름을 만들어냈다.

그의 연극 이론을 공부하면서 나는 '연극적인 삶'을 꿈꾸기 시작했다. 연극적인 삶이란 거대한 스토리를 설정하고, 그 안에서 자기 역할에 힘을 다하고, 끊임없이 관객이 되는 삶을 뜻한다. 또한 관객이 되는 삶이란 자신의 모습을 객관적으로 바라보며 성찰하는 것을 말한다.

내가 연극적인 삶에 주목한 것은 크게 두 가지 이유에서다. 하나는 연극적인 삶이 문제를 풀어가는 좋은 해결 방안이 되기 때문이다. 책이나 작품 속에서 발견한 롤모델을 모방하고 캐릭터로 연기하듯 그 역할에 충실해보자. 또는 관객 앞에서 연기하는 무대 위의 배우처럼 일상을 연기하듯 최선을 다해 살아가보자. 그럼에도 불구하고 때로 인생은 답이 없는 거대한 물음이자 여러 가능성과 한계가 도사리고 있는 미로처럼 느껴질 수 있다. 이럴 때는 예지 그로토프스키의 연기론이 떠오른다. 그는 '좋은 연기를 위해서는 나를 안주하게 만드는 일을 끊어내야 한다.'고 말한 바 있다. 하지 말아야 할 것, 불필요한 것을 끊어낼 때 비로소 구애받지 않고 자유롭게 연기할 수 있다는 뜻이다. 나는 꿈을 설정하고 도전하기 위해 우리가 발휘할 수 있는 지혜 가운데 하나로, 이 연기론을 인생에 적용하고 싶다. 하지 말아야 할 것을 과감히 끊어낼 때, 남은 에너지와 시간과 각오로 어떤 것이든지 해낼 수 있다고 생각한다.

연극적인 삶에 주목하는 두 번째 이유는 우리를 행동하게 만들기 때문이다. 나는 배우라는 말을 그 누구보다 사랑한다. 특히 영어 표현인 'Actor'가 가슴에

인생은 코미디, 아니면 연극?

와 닿는다. 'Actor'는 동사 'Act'에 사람을 뜻하는 'or'을 붙인 단어이다. 'Act'가 '행동하다'는 뜻이므로, 내겐 배우를 행동의 주체로 보는 이 표현방식이 특별하게 느껴지는 것이다.

나는 '행行'이 '언言'보다 훨씬 중요하다고 믿어왔다. 어떤 언도 행이 없으면 일치가 되지 않기 때문이다. 행이 없으면 그 어떤 언도 공허한 수사일 뿐이기 때문이다. 실천이야말로 말과 삶 사이를 살아 있게 엮는 방법이다.

말은 씨가 되고 행동은 열매를 맺는다.

"나는 당신을 위해 태어난 사람입니다."

누군가에게 그런 말을 했다면 그건 그저 감언이설에 불과할지 모른다. 하지만 말이 씨가 되어 진실로 사랑하고 책임감을 느끼고 지키지 못한 것을 미안해하고 끊임없이 사랑한다고 말한다면, 행동은 말과 간격을 좁혀 결국 하나가 될 것이다.

내가 주장하는 연극적인 삶이란 끊임없이 역동적으로 사는 삶이고, 숙련된 배우처럼 자신을 객관화하고 반성하는 삶이다. 자신을 넘어 다양한 색깔로 살아가는 삶이자 인생이라는 무대에서 동료(배우)들과 살아있는 연기를 펼치는 종합예술이다. 다시 한 번 말하지만 인생은 연극이다. 그러므로 우리는 얼마든지 아름다울 수 있고 한없이 다채로울 수 있는, 삶의 어엿한 주연 배우들이다!

인생은 코미디, 아니면 연극?

PART 3

피자, 너는 내 운명

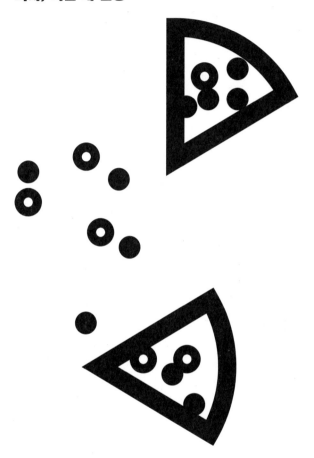

도전! 피자탐험대

1997년 6월 17일, 〈도전! 지구탐험대〉 촬영차 이탈리아 나폴리행 비행기에 올랐다. 이 프로그램은 연예인이 세계 각국의 이색 현장이나 오지를 찾아가 극한 상황을 헤쳐나가는 과정을 담은 것으로 꽤 인기가 높았다. 나는 이탈리아 나폴리의 오래된 피자집에서 마르게리타 피자 만드는 법을 배워오는 미션을 맡았다.

해외에서 제작하는 프로그램이다 보니 매우 빠듯한 일정을 소화해야 했다. 전체 일정은 비행 시간까지 포함해 9박 10일. 섭외가 들어오자마자 제작진의 권유로 짬을 내어 당시 국내에서 큰 인기를 끌었던 M피자를 방문해 피자 만드는 법을 배웠다.

만반의 준비를 하고 찾아간 나폴리의 피자집이 바로 지금 내가 운영하는 피자집의 이름이기도 한 '디

피자, 너는 내 운명

마떼오'였다. 이탈리아에서 열린 G7 회의 때 빌 클린턴 미국 대통령이 방문해 세계적으로 유명해진 곳이자, 70년이 넘는 역사를 가진 전통 있는 피자집이었다.

촬영에 들어갔는데 이게 웬일. M피자에서 배운 피자 만드는 법은 아무짝에도 쓸모가 없었다. 한국 사람이 즐겨 먹는 피자는 미국식 피자이거나 일본을 거치면서 형태가 변한 것으로, 객관적으로 봐도 참나무 장작 화덕에서 굽는 나폴리식 피자와는 근본부터 달랐다.

하지만 당황스러운 마음을 추스르고 특유의 붙임성을 발휘해 이탈리아 피자이올로들과 금세 친해져서 열심히 배웠다. 피자 만드는 일은 생각보다 재미있었고 맛도 일품이었다. 이전에 경험해보지 못한 순수한 맛이었달까.

숨 쉴 틈 없이 바쁜 하루를 보낸 다음 날 아침, 나는 한 치의 의심도 없이 '바로 이거다. 서울에 이 피자집을 차려야겠다!'라고 생각을 굳혔다. 대한민국 사람 누구라도 그때 그 나폴리 피자를 맛봤다면 똑같은 생각을 했을 것이다. 빡빡한 촬영 일정으로 인해 무척 피곤했지만 시간은 훌쩍 흘렀다. 이내 촬영이 끝났고, 나는 혼자만의 원대한 계획을 가슴에 품고서 그들에게 다시 오겠다는 말을 남긴 채 나폴리를 떠났다.

한국에 돌아온 후 지금까지의 활동을 스크랩해놓은 앨범들을 큰 가방에 담았다. 지인들과 어떤 상의도 없이, 사업을 위한 자본 확보나 협의체 구성도 없이, 손에는 항공권을, 머릿속에는 확신을 품고서 이탈리아행 비행기에 몸을 실었다.

피자계의 문익점

　나폴리의 디마떼오에서는 나를 신기한 듯 바라보면서도 반갑게 맞아주었다. 당연한 일이었다. 촬영하러 와서 재미있게 놀다 간 개그맨이 불과 얼마 지나지 않았는데 약속대로 다시 찾아왔으니까.

　하지만 막상 내가 돌아온 진짜 이유를 밝히자 사장은 안색이 변했다. 그는 계약을 원한다면 로열티를 내야 한다고 버텼다. 나는 사장의 이야기를 가만히 듣고 있다가 "원래 홍보비를 받아야 하지만 그걸 받지 않을 테니 서로 퉁친 것으로 하자"고 제안했다. 뒤이어 사장이 황당해하거나 말거나 진지하게 준비해 간 앨범을 펼쳐 보였다. 내가 한국에서 얼마나 유명한 인물인지 설명했고, 내 덕분에 디마떼오가 한국에서도 유명해지겠지만 너와의 우정을 생각해서 홍보비를 받지 않을 테니 너무 고마워하지는 말라고 상

106

세히 덧붙였다. 사장은 줄곧 '뭐 이런 놈이 다 있나' 하는 표정이었다.

협상이 진척될 리 없었다. 하루 이틀 시간이 흘렀다. 나는 아침마다 얼굴에 철판을 깔고 디마떼오로 출근해 직원들의 일손을 도우며 함께 어울렸다. 그러던 차에 사장이 결혼식에 같이 가자고 했다. 친척 누구의 딸이 결혼한다는데 누구인지는 잘 알아듣지도 못했고 중요하지도 않았다. 이탈리아 결혼식이 궁금했고 식사나 한 끼 때우고 오자는 생각에 선뜻 따라나섰다. 과연 이탈리아 결혼식은 한국 결혼식과 판이하게 달랐다. 영화 〈대부〉에서 본 것처럼 온종일 잔치가 이어졌다. 사장은 낯선 동양인을 궁금해하는 하객들에게 나를 소개했다.

"한국에서 피자 배우러 온 친구야. 거기서는 나름 유명한 개그맨이래."

"개그맨? 그럼 한번 웃겨봐!"

파티에 있는 모든 사람의 관심이 나에게 쏠렸다. 하객들의 부추김에 이끌려 무대에 올라갔다. 말이 통하지 않는 사람들을 관객으로 한 무대는 난생처음이었다. 이탈리아어로 간단한 인사 정도만 겨우 하고

피자, 너는 내 운명

난 다음, 만국 공용어인 보디랭귀지로 팬터마임을 시작했다. 흥미로운 눈초리로 내게 주목하는 얼굴들이 보였다. 의외의 동작을 펼칠 때마다 떠들썩한 웃음소리와 박수 소리가 공간을 채웠다. 사람들은 이내 한국말을 해도 웃을 만큼 내가 선보이는 코미디에 매료되었다. 그렇게 무대 위에서 두 시간을 보냈다. 나와 관객 모두에게 정말 즐거운 시간이었다. 불현듯 중학교 2학년 때 처음 무대에 올라 모든 시선이 나에게 꽂힐 때 느꼈던 희열이 떠올랐다.

그 무대가 내 운명을 바꾸어놓았다. 관객들 가운데 가장 감동한 사람은 다름 아닌 디마떼오의 사장이었다. 그는 무대를 통해 앨범 속 내 모습을 확인한 모양이었다. 사장은 매우 흡족해하며 결혼식이 끝나자마자 가게로 돌아와 내가 제시한 계약서에 기분 좋게 사인했다. 잉크가 채 마르지 않은 계약서를 받아들고서 나는 비장하게 이런 말을 했다.

"우리 선조 중에 문익점이라는 분이 중국에서 붓 뚜껑에 목화씨를 숨겨 들어온 사건이 있었어요. 그가 가져온 작은 씨앗이 대한민국 전역에 목화를 퍼뜨

렸죠. 당신이 로열티를 받지 않고 계약서에 사인해준 것도 마찬가지예요. 대한민국에 나폴리 화덕피자가 널리 퍼지는 계기가 될 테니까요."

프랑코와 치로

제대로 된 나폴리 피자를 선보이기 위해서 이탈리아에서 피자이올로를 데리고 와야겠다고 생각했고 프랑코와 치로 부자가 디마떼오 창립멤버로 함께했다. 그들은 사업 초창기의 어려움 속에서도 산전수전 공중전까지 함께한 전우였으며, 피자에 대해 많은 것을 가르쳐준 스승이었다. 이혼 후 일에만 매달리며 끼니를 거르는 내 입에 억지로 피자를 물리며 걱정해준 형제와도 같은 사람들이었다. 적어도 그들의 사기 행각이 발각되기 전까지는.

오십 대 프랑코와 갓 스무 살이 된 맏아들 치로는 활달하고 정열이 넘치는 남부 이탈리아 사람들이었다. 프랑코와의 관계에 금이 가기 시작한 것은 파스타를 론칭하기 위해 통역 아르바이트로 경신을 뽑으면서부터였다. 프랑코는 이탈리아 유학생 출신인 경신이 출근한 첫날부터 유난히 텃세를 부렸다. 평소의 쾌활하고 다정한 성격은 온데간데없었다.

둘 사이에 긴장감이 감돌기 시작한 지 보름쯤 되었을까. 기존 거래처 명단과 장부를 살펴보던 경신이 내게 조심스럽게 의구심을 털어놓았다. 이탈리아에서 공수해오는 재료 가격이 그녀가 사는 동네 슈퍼마켓보다도 더 비싸다는 것이었다. 식재료 수입은 전적으로 프랑코의 몫이었다. 지난 3년간 프랑코를 철석같이 믿고 의지했던 나로서는 믿고 싶지 않은 이야기였다. 착각했을 거라고, 쓸데없는 소리 말고 파스타 론칭에만 신경 쓰라며 흘려 넘기고 잊고 지냈다.

이듬해 1월, 이탈리아 현지를 방문해 내 두 눈으로 현지 물가를 확인하고서야 경신의 말이 진실임을 깨달았다. 이틀 밤을 하얗게 태웠다. 3년 넘게 수입해온 재료값이 이탈리아 동네 슈퍼마켓보다 30% 이상 비쌌다. 프랑코가 어렵사리 뚫었다는 대형 마트나 도매상의 가격은 아예 확인하고 싶지도 않았다. 내게 그렇게 잘해주던 친구들이 어떻게 이럴 수 있을까. 아니, 잘해줄 수밖에 없었겠다. 상당한 월급에 재료

피자, 너는 내 운명

값으로 버는 수익까지 생각하면 나를 업고 다녀도 모자랄 판이었다.

이탈리아에서 돌아온 후 디마떼오의 분위기는 늦가을 새벽공기처럼 냉랭해졌다. 두 사람은 유난히 내 안색을 살피며 전모를 눈치챘는지 파악하려는 듯했다. 2~3개월 동안 묘한 신경전이 이어졌다. 그러던 어느 날 프랑코가 불쑥 계약 얘기를 꺼냈다.

"사장! 나랑 1년씩 계약하는 게 번거롭다고 했지? 곰곰이 생각해보니 네 말이 맞아. 제안을 받아들일게. 이번 재계약 때 기간을 5년으로 하는 게 어때?"

내가 답했다.

"고마워. 하지만 계약 만료가 11월이니까 그때 다시 얘기 나누자."

바둑 기사가 대국을 벌이듯, 전쟁터의 장수들이 일합을 겨루듯, 우리는 보이지 않는 치열한 전투를 벌였다. 내가 재계약할 마음이 없다는 것을 알아차린 프랑코는 조금씩 태업하기 시작했다. 간혹 손님들이 불만을 터뜨려 곤란할 때도 있었다. 하지만 프랑코가 늘어놓는 핑계와 불만을 선선히 받아주었다. 어떻게든 파스타 론칭 전까지 참아야 한다고 생각했다. 한

편 치로는 한창 한국 여성들과 화려한 연애를 벌이는 데에만 정신이 팔려 있었다.

2002년 5월, 파스타를 담당할 나폴리 출신의 셰프를 데리고 경신이 잠깐 한국에 들어왔고 이때 결정적 사건이 터졌다. 시장에 간 사이 디마떼오에서 프랑코가 쓰러졌다는 연락이 왔다. 서둘러 매장에 가보니 프랑코는 이미 구급차에 실려 간 후였고, 직원들은 하나같이 어리둥절한 표정을 짓고 있었다. 창고에서 비명이 들렸고 프랑코가 쓰러진 채 구급차를 불러달라고 소리치고 있었다고 했다. 창고에 내려가서 정황부터 살펴보았다. 내부는 원래 모습 그대로였고 바닥에 네 방울 정도 피가 떨어져 있었다. 곧바로 길 건너 서울대학교병원 응급실로 달려갔다.

프랑코는 이마에 반창고를 붙인 채 링거를 맞고 누워 있었다. 의사는 단순 타박상이며 다른 문제는 없다고 했다. 하지만 프랑코는 전혀 괜찮지 않은 듯했다. 나를 보자마자 심한 고통을 호소했다. 어지럽고 통증이 느껴져 도저히 움직일 수 없다고 했다. 창고에서 무슨 일이 있었는지, 어떻게 다쳤다는 것인지

113

묻고 싶었으나 그냥 두었다. 우선 의사를 불러와 할 수 있는 모든 검사를 해달라고 부탁했다. 신경외과와 정형외과의 교수들이 붙어 문진하고 CT와 MRI 검사까지 마쳤지만, 이마가 조금 찢어진 것 외에 그 어떤 증상도 나타나지 않았다. 그럼에도 프랑코는 계속해서 불편을 호소했다.

그 자리에서 2주 유급 휴가를 주었다. 치로를 제외한 직원들은 프랑코가 홧김에 자해하고 꾀병을 부린다고 수군거렸다. 나도 그런 확신이 들었으나 차마 입 밖으로 꺼내지는 않았다. 부족한 일손을 메우며 어렵게 2주를 버텼다.

15일째 되는 날에도 프랑코는 출근하지 않았다. 화가 턱밑까지 올라왔지만 애써 마음을 억누르고 숙소로 찾아갔다. 혈색 좋은 프랑코는 매우 어색하게 환자 흉내를 냈다. 요즘 말로 하자면 '발 연기'였다. 나는 프랑코에게 단호하게 말했다.

"병가를 충분히 주었는데도 연락 없이 출근하지 않았으므로 계약을 파기하기로 했어. 그 대신 계약 기간에 대한 위약금은 당연히 지급하겠어."

줄곧 힘없는 환자처럼 행동하던 프랑코가 말이 떨

어지기 무섭게 영화 속 악당처럼 웃어젖히기 시작했
다. 그 눈빛이 어찌나 영화적인지 사진으로 남길만한
명장면이란 생각이 들 정도였다. 그는 말했다.

"사장. 넌 날 못 잘라. 왜냐하면 날 자르면 피자집
문을 닫아야 하니까."

나도 영화의 한 장면처럼 되받아쳤다.

"문 닫고 안 닫고는 내 비즈니스고, 다른 직장을 구
하고 못 구하는 건 네 비즈니스지."

디마떼오로 돌아온 후 나는 치로부터 찾았다.

"네 아빠를 해고했어. 원한다면 아빠 자리를 주지."

치로는 아주 잠깐 망설이더니 대뜸 물었다.

"페이도?"

"물론. 그럼 오케이!"

치로와는 그해 11월까지 관계를 이어나갔다. 다만
사기 행각에 치로도 가담했다는 것을 알게 되었기에
더 이상 계약을 연장하지 않았다. 프랑코 부자와의
인연은 그렇게 막을 내렸다.

피자, 너는 내 운명

미워도 다시 한 번

그 이후 나는 프랑코를 딱 한 번 더 만났다. 그해 12월 초, 치로의 결혼을 앞둔 때였다. 한국에 있는 동안 내내 사랑에 빠져 지내던 치로는 결국 내가 소개해준 한국 여성과 결혼했다. 결혼식을 맞아 입국한 프랑코가 나를 만나고 싶다고 했다.

삼청공원에서 마주한 프랑코는 행색이 남루했다. 한국에서 모은 돈을 홀랑 날렸다고 했다. 어린 한국 여자 친구 명의로 통장을 만들고 자동차도 샀는데, 잠시 이탈리아에 다녀와 보니 제대로 뒤통수를 맞았다는 거였다.

"사장, 다시 한 번 시작할 수 있을까?"

프랑코는 한 번 더 기회를 달라고 했지만 나는 고개를 가로저었다. 대신 앞으로 건강하게 잘 살라고 당부했다.

결혼식 전날 밤, 치로에게 전화가 왔다. 매우 다급하고 간절한 목소리였다.

"사장. 내가 결혼할 수 있게 축의금도 많이 주고 이삿짐 컨테이너 비용도 내줘서 고마워. 하지만 마지막으로 선물 하나만 더 해줘. 지금 아버지가 경찰서에 갇혀 있어. 결혼식에 올 수 있게 좀 빼내 줘."

사연은 이러했다. 프랑코는 수소문 끝에 자신에게 사기 친 옛 여자 친구를 만나러 갔다. 여자 친구는 부끄러워하거나 뉘우치는 기색 하나 없었다. 안타깝게도 뻔뻔한 그녀 앞에서 프랑코는 아무 권리를 행사할 수 없었다. 화가 난 프랑코는 자신이 사준 옷이라도 돌려받아야겠다고 떼를 썼다. 결국 다툼 끝에 프랑코가 옷가지와 가방을 가져가겠다며 집에 들어섰는데, 그 틈에 여자 친구가 경찰에 신고해 현행범으로 체포된 것이다.

나는 경찰에게 프랑코가 겪은 사정을 설명하고 간곡히 선처를 부탁했다. 그렇게 어렵사리 풀려난 프랑코는 아들의 결혼식에 참석하고 다음 날 이탈리아로 되돌아갔다.

이후로 매년 이탈리아에 갈 때마다 여러 지인을 통해 프랑코의 이야기를 전해 듣곤 했다. 프랑코가 나를 만나고 싶어 한다는 이야기도 들었다. 하지만 나는 걸려온 통화에 딱 한 번 응대했을 뿐 더 이상 그를 만나지 않는다.

총리와 나

"거기 디마떼오죠?"

"네, 맞습니다."

"여기 총리실인데요."

"흐음… 그래요? 여기는 혜화경찰서입니다."

가끔씩 걸려오는 장난전화로 여기고 나도 그에 맞게 응수했다.

딸깍. 전화를 끊었다. 그런데 그날 같은 전화가 두 차례나 더 왔다. 또 걸려오는 전화.

"여기 총리실이라니까요!"

"저는 혜화경찰서 이성규 형사라니까요!"

또 전화벨이 울린다. 이번에는 내가 뭐라고 할 겨를도 없이 억울한 목소리가 들려왔다.

"이원승 사장이지요? 총리실은 예약이 안 되나요?"

"아, 예약이요?! 해드려야죠."

피자, 너는 내 운명

김대중 대통령이 이른바 DJP 연합으로 정권을 잡고 김종필 총리와 협력하던 시절이었다. 갑작스러운 총리실의 예약 전화에 나는 당황했다. 단순히 높은 분이 매장을 방문해서는 아니었다. 내 아버지의 화려하고도 슬픈 정치 편력 때문이었다. 아버지는 평생 세 번 선거에 출마하고 세 번 다 떨어졌다. 그중 두 번은 야당 쪽 진영에서 출마했는데, 특히 고향인 서천에서 후보로 나섰을 때 충청도의 맹주였던 김종필 총리의 여당 쪽 세력을 넘어서지 못하고 번번이 패배의 쓴 잔을 마셨다. 선거에서 패할 때마다 아버지는 좌절했고, 선거 결과가 나온 날이면 어머니는 밤새도록 우셨다. 이쯤 되니 나 역시 김종필 총리에 대한 감정이 좋을 리 없었다. 더구나 그가 권력의 정점에 올라 매장을 방문한다고 하니 마음이 더욱 싱숭생숭했다.

예약 당일 경찰차를 앞세우고 몇 대의 세단이 매장 앞에 멈춰 섰다. 그중 한 자동차에서 내리는 총리의 모습이 보였다. 매장을 향해 걸어오는 그의 뒤에서 거센 바람이라도 불어오는 듯 카리스마와 위엄이 대단했다.

축 처진 아버지의 어깨가 떠올라 그에게 고개를 숙

이고 싶지 않았다. 밖으로 나가 맞이하는 대신 매장 안에서 기다렸다가 고개를 숙이지도 두 손을 모으지도 않고 "본조르노Buon Giorno!"라고 외치며 한 손으로 총리의 악수를 받았다. 총리는 인자한 미소로 그런 태도조차 반겨주었지만, 비서실장이 못마땅하다는 표정으로 째려봤다. 프랑코와 치로가 똑같은 방식으로 인사한 뒤에야 비서실장은 불편한 기색을 거두었다. 나는 괜스레 궁색해져서 이게 이탈리아식 인사라는 설명을 덧붙였다. 아무튼 그날 김종필 총리는 동행한 모든 이들과 만족스럽게 식사를 즐겼고 디마떼오 개업 이래 최고의 매출을 올려주었다.

두 번째 방문에서도 나는 뻣뻣한 태도로 그를 맞았지만 총리는 또 한 번 디마떼오의 최고 매출 기록을 갈아치워 주었다. 그리고 세 번째 방문. 그날은 달랐다. 다른 직원들에겐 들리지도 않는 경찰차 소리가 내게는 아주 멀리서부터 크게 들리기 시작했다. 차량이 매장 앞에 멈추자마자 총알처럼 튀어 나가 문이 열리기를 기다린 건 물론이었다. 총리가 차에서 내리기도 전에 고개를 숙이고 두 손으로 악수를 청하며 "아이고, 오셨습니까?" 하고 인사를 했다. 방문할 때

121

마다 100만 원이 넘는 매출을 올려줬으니 아버지 생
각은 뒷전으로 밀려날 만했다.

총리는 디마떼오를 무려 열일곱 번이나 방문했다.
그중 지금도 등골에 식은땀이 흐를 정도로 생생히 기
억하는 때는 열 번째 방문이었다. 아무 생각 없이 내
뱉은 말로 큰 곤혹을 치를 뻔한 일이 있었다.

그날은 김종필 총리가 이끄는 자민련_{자유민주연합.}
1995년 3월 창당해 2006년 4월까지 존속한 보수정당이 국회 교섭
단체를 구성할 수 있도록 민주당 측에서 자민련으로
국회의원 세 명을 보낸 매우 이례적인 정치적 사건이
있었던 다음 날이었다. 국회에서 중요 안건을 협의하
려면 스무 명 이상의 소속의원이 있어야 교섭단체를
구성할 수 있는데 당시 자민련은 소속의원이 열일곱
명이었다. 이에 민주당이 의원 세 명을 탈당시키고
자민련에 입당하게 한 것이다. 이러한 '의원 꿔주기'
는 엄연한 편법이기에 언론은 이에 대해 신랄한 비판
을 퍼부었다. 나 역시 신문을 읽었지만 총리를 맞이
하느라 까맣게 잊고 있었다. 하필 그날따라 그가 나
를 불러 이런저런 이야기를 하다가 대뜸 이렇게 묻는

것이었다.

"이 사장, 머리를 왜 그렇게 짧게 깎고 다니는 겁니까?"

워낙 자주 받는 질문이었으니 항상 준비된 답이 있었다. 별다른 고민 없이 낭랑한 목소리로 답했다.

"초심을 잃지 않으려고 빡빡 밀고 다닙니다."

내 대답이 끝나자마자 마치 리모컨의 '멈춤' 버튼을 누른 듯 주변이 싸해졌다. 어떤 이는 눈을 어디에 두어야 할지 몰라 안절부절못하는 얼굴이었고, 어떤 이는 얼굴색이 붉으락푸르락해졌다. 뭐지, 이 어색한 분위기는? 대개는 "그 초심이 뭔데요?" 하는 질문이 나오고 그러면 자연스럽게 죽으려다가 맘 고쳐먹은 서른아홉 살의 이야기가 이어지는 게 일반적인 수순이었다. 정지화면처럼 선 채로 머릿속으로 재빨리 상황을 되감아 보았다. 그제야 아침에 읽은 '초심 잃은 국회의원 3인'이라는 신문 헤드라인이 떠올랐다. 당적을 옮긴 국회의원 세 명이 떡 하니 내 앞에 버티고 있다는 사실도 깨달았다. 마치 대놓고 그들을 비난한 꼴이 되었다. 변명을 늘어놓자니 그것도 모양이 이상했다. 짧은 순간 별생각이 다 들었다. 이러다

123

세무조사라도 받는 게 아닐까. 그런다면 꼬투리 잡힐 일은 없는지 곱씹어보기도 했다. 차라리 아무나 벌떡 일어나 뺨이라도 때려줬으면 좋겠다는 생각마저 들었다. 걱정에 걱정을 더하느라 한동안 정지화면 상태로 머물러 있었다.

그 순간 김종필 총리가 정적을 깨고 껄껄 웃기 시작했다. 주위를 둘러보며 큰 소리로 이렇게 말했다.

"우리 정치인들, 다 머리 깎아야 해요. 정치인 중에서 초심 가지고 사는 놈 아무도 없어요. 내가 그래요."

얼음 같은 분위기가 부드러워지고 웃음이 터져 나왔다. 여기저기서 비슷한 농담이 이어졌다. 상황은 그렇게 어렵사리 수습되었다. 아무리 생각해도 그 한마디는 신중하지 못한 말실수를 저지른 나를 생각해준 총리의 기지였다. 아버지께는 송구스럽게도 그가 다른 그릇임을 어렴풋이 느낀 날이었다.

100개의 피자집, 100년 가는 피자집

경신과 결혼하고 신앙을 가지면서 차츰 매사에 심사숙고하고 주변을 살피려는 태도가 몸에 배었고 나는 고민해왔던 프랜차이즈 사업과 직영점 확장 계획을 접었다. 이유는 간단했다. 나에게 피자 사업은 유통업이 아니라 농업이기 때문이다. 예전처럼 계속 돈만 좇아 사업한다면 결코 이전의 결과와 다르지 않을 것 같았다. 이탈리아 나폴리에서 계약서에 사인할 때 피자계의 문익점이 되겠다고 다짐했던 첫 마음을 떠올려보았다. 그때 나는 장사꾼이 아니라 농사꾼이 되겠다고 다짐했었다. 내가 농사꾼이라면 디마떼오는 진실한 마음으로 성실하게 땀 흘려 결실을 거두어들이는 논과 밭이 되어야 했다. 삶의 터전이어야 했다.

디마떼오를 100년을 이어나갈 피자집으로 만들겠다는 다짐도 함께했었다. 몇 년 반짝하다가 그 유

피자, 너는 내 운명

명세로 다른 사업이나 해보겠다는 생각이었으면 그렇게 무모하게 시작하지 않았을 것이다. 유럽에선 몇십 년이 지나도 한자리를 지키고 있는 식당들을 자주 만날 수 있다. 이런 식당일수록 신뢰가 가고 다시 찾아가고 싶은 장소로 기억된다. 디마떼오도 그런 피자집으로 만들고 싶었다. 신앙을 가지고 나니 그 마음이 우연한 생각이 아니었다는 확신이 들었다. 첫 마음을 떠올리며 하나하나 점검하고 실천해나갔다.

먼저 직원을 새로 뽑을 때마다 가급적이면 신용불량자에게 우선적인 기회를 주었다. 대신 중요한 조건을 하나 달았다. 디마떼오에서 마련한 숙소에서 지내고 5년 안에 신용불량에서 벗어난다는 약속이었다. 나는 디마떼오가 경제적인 공동체로 거듭날 방안을 모색하면서 매장 근처에 위치한 집을 매입해 직원들의 기숙사로 제공했다. 100년을 이어갈 피자집을 만들기 위한 기초 작업이었다. 신용불량 상태의 직원들은 직장 근처의 기숙사에서 차 없이 출퇴근하며 다른 생각을 품지 않고 근무에 매진할 수 있었다. 실제로 몇 년 후부터 신용불량에서 벗어나 디마떼오에서 배운 기술로 피자집을 차려 나가는 직원들도 생겼다.

이번 생애에 더 이상 결혼은 없다고 장담했던 내가 운명의 짝을 만나 결혼하고, 더구나 하나님을 섬기게 되면서 기념할만한 특별한 일을 하고 싶었다. 누군가를 기쁘게 해주고 싶다는 생각을 하며 살면서 가장 즐거웠던 일이 무엇이었는지 되짚어보았다. 돌아보니 대학 시절에 장학금을 받았던 기억이 떠올랐다. 모교의 후배들에게 장학금을 주면 나 또한 즐겁겠구나 싶었다. 별다른 고민 없이 10년간 내가 졸업한 초등학교와 중학교, 고등학교와 대학교에 장학금을 기탁했다.

물론 그 시작은 어색하고 불편했다. 왠지 쑥스러운 기분이 들기도 하고, 때가 되어 송금할 때마다 뺏긴다는 느낌이 들기도 했다. 하지만 두 해를 지나 세 번째 해가 되니 익숙해졌다. 당연히 내가 해야 할 일이고, 중요한 일이라 여겼다. 어쩌다 후배로부터 감사 편지를 받노라면 보람이 느껴졌다. '저도 나중에 선배님처럼 누군가에게 도움을 주며 살겠습니다'라는 말은 그 어떤 보상보다 값졌다. 그제야 어렴풋이

127

이웃 사랑이 무엇인지 깨달았다.

2005년에는 '피자데이'를 만들었다. 피자의 첫 알 파벳 P와 비슷하게 생긴 매월 9일에 소외계층을 초청 해 식사와 문화 행사를 제공하는 이벤트로, 대학로에 서 한창 활동 중이던 갈갈이 패밀리와 컬투 패밀리를 찾아가 취지를 얘기했다. 좋은 일은 다들 알아보는 법인지 정찬우, 김태균, 박준형 등의 후배들이 모두 흔쾌히 무료 공연으로 참여해주었다.

이후로 8년 동안 매달 9일이면 서울시가 연결해준 보육원이나 서울대학병원 어린이 병동의 환자들을 초청해 피자데이를 열었다. 초청받은 참가자들은 점 심 식사로 피자와 스파게티를 배불리 먹은 후 소극장 에서 개그콘서트를 관람하며 즐거운 한때를 보냈다. 그 시간을 관객들만 즐거워했던 건 아니다. 개그콘서 트에 출연하는 후배 개그맨들 역시 소외계층 앞에서 공연도 하고, 피자도 함께 먹을 수 있다며 행복해 했 다. 좋은 일을 하고 있다는 보람이, 누군가를 행복하 게 해주고 있다는 포만감이 그들을 더욱 배부르게 했 을 것이다.

정작 피자데이 덕분에 가장 행복한 사람은 나였

다. 성공이나 성취했을 때 느꼈던 것과는 다른 기쁨을 얻었다. 최고를 향해 가고 있다거나 뭔가를 이루어가는 과정에서 느끼는 기분과도 달랐다. 누군가에게 도움을 줄 수 있다는 것, 나도 쓸모 있는 존재라는 깨우침에서 오는 크나큰 보람이었다.

디마떼오, 남이공학국으로!

디마떼오가 번창하면서 솔깃한 제안들이 물밀듯이 들어왔다. A랜드의 상무가 찾아와 입점하라고 했고, B백화점의 본부장이 직접 찾아와 매장 유치를 권했다. 부산의 호텔, 광주의 백화점 등 대형 쇼핑몰이나 상가가 세워질 때마다 관계자들이 어김없이 찾아왔다. 프랜차이즈 제안 역시 달콤하고 매혹적인 유혹이었다. 그때마다 나는 정중하게 거절했다. 100개의 피자집보다 100년 가는 피자집을 만들어야 했다.

연극배우란 원래 외운 대사를 잘하는 법, "저는 문익점이 고려 땅에 목화씨를 뿌리는 심정으로 1997년에…"라고 시작하는 멘트로 수많은 달콤한 제안들을 거절했다.

그러던 어느 날 미동조차 하지 않던 내 마음을 흔

든 이가 있었으니, 남이섬 아니 '남이공화국'의 전설 적인 경영인 강우현 대표였다. 남이섬은 드라마 〈겨울연가〉 촬영지로 유명세를 떨쳤지만, 한류 콘텐츠에만 의존하면 곧 위기가 올 것이라 내다본 그림책 작가이자 일러스트레이터 출신의 강우현 대표가 남이공화국이란 이름을 덧씌워 성장시킨 터였다. 관광객에게 여권, 화폐 등을 발행하며 마치 한 나라를 방문하는 듯 스토리텔링으로 풀어낸 덕분에 한창 창의적 관광명소로 주목받고 있었다. 그는 직설적으로 말했다.

"D피자에서 입점하고 싶다고 회장이 직접 세 번씩이나 찾아왔는데도 거절한 남이공화국입니다. 그런 우리가 무려 8개월 동안 시장조사까지 다 마치고 정중히 초대하는데도 거절하는 이유가 뭡니까?"

그의 말이 끝나자마자 여느 때와 다름없이 레퍼토리가 술술 흘러나왔다.

"저는 100개의 피자집보다 100년 가는 피자집을 …."

이야기를 가만히 듣고 있던 강우현 대표는 쓱 미소를 지으며 이렇게 말했다.

피자, 너는 내 운명

"그럼 됐네요. 한 나라에 하나씩만 합시다. 대한민국에 매장 하나, 그리고 남이공화국에도 매장 하나. 그렇게 하시죠?"

나는 그냥 웃었다. 어이가 없어 그랬는지 당황해서 그랬는지 잘 기억나지 않는다. 어쩌면 둘 다였을지도. 강우현 대표를 돌려보낸 뒤 가만히 생각해보니 뭔가 다르게 느껴졌다. 그의 생각은 독특하고 신선했다.

며칠 후 강우현 대표를 만나기 위해 남이섬으로 향했다. 밤 9시에 만나 새벽 3시까지 많은 이야기를 나누었다. 아니 이야기를 나누었다기보다 길고 훌륭한 강의를 들었다고 해야 더 옳을 듯했다.

강우현 대표는 쉽게 말해 내가 살던 세계가 아니라 그 경계 밖의 사람이었다. 그가 들려주는 이야기는 온통 새로운 것이었다. 빈 소주병이 쌓여가자 병을 눌러서 인테리어 재료로 쓴 일화, 나무를 거꾸로 심은 일화 등으로 이야기가 이어졌다. 그는 관광지가 방문객에게 제공해야 할 콘텐츠를 그 누구보다 정확하게, 전혀 다른 시각으로 이해하는 사람이었다.

무엇보다 그의 남이공화국 경영 철학이 나를 사로잡았는데 '여지껏 안 하던 짓을 해보자'는 것. 그리고 '세상 바깥의 일을 세상 안으로 끌어들여 보자'는 것. 아무것도 아닌 말 같지만 결코 아무것도 아닐 수 없는 이야기였다.

"우리는 늘 정해진 길만 걷잖아요. 정해진 교육, 정해진 직업, 정해진 관습…. 공부, 대학, 취직, 결혼…. 어디 그뿐인가요. 남들 하는 대로, 남들이 하지 말자는 대로, 많은 사람들이 하자는 대로, 많은 사람이 하지 말자는 대로 그냥 그렇게 모두가 가는 길을 따라가며 살잖아요."

강우현 대표의 말을 풀이하자면, 발상 자체를 바꾸고 경계를 허물어 새롭게 시도해보자는 얘기였다. 나도 모르게 고개가 크게 끄덕여졌다. 그래. 기왕이면 안 하던 일을 해보고 해오던 대로는 하지 말자.

더 고민할 이유가 없었다. 그날 새벽을 맞으며 나는 남이공화국에 디마떼오 매장을 오픈하겠다고 결정했다.

133

나의 집을 지어주시오

디마떼오 남이공화국점을 열기로 한 후 많은 변화가 일어났다. 남이섬에 입점하는 작업은 결코 쉽지 않았다. 때마침 4대강 사업의 여파로 건축 제한이 달라지는 바람에 계획했던 건물을 지을 수 없었다. 신기한 점은 애초에 계획한 일들이 무산되고 새로운 계획조차 조금씩 뒤로 밀리는 상황에서도 '이걸 해야 하나, 말아야 하나'가 아니라 기다리는 동안 무엇을 할지를 고민했다는 사실이다. 나는 가평에서 펼쳐질 미래에 대해 그만큼 깊이 확신하고 있었다.

우리 부부는 시간이 날 때마다 가평으로 차를 몰아 이곳저곳을 둘러보았다. 지리를 익혔고 맛집을 찾아다녔다. 다니는 동안 자연스럽게 가정집들이 눈에 들어왔다. 그래, 이곳에서 피자집을 하려면 거처가 필요하겠군. 기왕이면 집을 구하기보다 하나 지어도 좋겠다는 생각을 했다. 언덕 위의 그림 같은 환상적인 집은 아니더라도 강이 내려다보이는 곳에 소담한 황토집을 짓고 싶었다. 평일에는 일을 마친 뒤 잠을 자고 주말이면 온 가족이 내려와 자연을 즐기는 꿈같은 집을 상상했다.

매장 오픈을 준비하면서 남이섬에 갈 때마다 경신과 함께 깜짝 길거리 공연을 선보이기도 했다. 하지 않았던 일을 해보려는 첫 번째 실천이었다. 앰프 하나 스탠딩 마이크 하나만 두고서 섬을 찾아온 관광객들을 모아 작은 공연을 열었다. 내가 1인극이나 스탠딩 코미디를 하고 중간중간 경신이 반주에 맞춰 노래를 불렀다. 사람들이 우리를 따라 이곳저곳으로 모여들었다. 관람객들은 선 채로, 때로는 바닥에 주저앉아 우리의 공연에 정신을 빼앗겼고, 우리는 그들이 즐거워하는 모습에 힘이 솟았다. 그중 한 토막을 소개하자면 이런 식이었다.

"저는 요즘 가평에서 지냅니다. 가평이 무엇으로 유명한지 아세요? 네, 잣으로 유명합니다. 전국 잣의 45%가 가평에서 납니다. 잣값, 싸요? 비싸요? 네, 잣 따는

135

인건비가 비싸서 값도 비쌉니다. 하루 일당이 얼마인지 아세요? 45만 원 정도 합니다. 5공화국 시절에 가평 잣값을 내리려는 프로젝트가 진행되었습니다. 아프리카에서 과일 따는 원숭이를 수입해오자는 아이디어였죠. 수입해온 원숭이를 훈련해 잣나무에 올려보냈습니다. 그러나 나무에서 송진 흐르죠. 개미도 많죠. 원숭이는 잣을 따지 않았습니다. 결국 원숭이는 아프리카로 되돌려 보내지고 말았습니다. 딱 한 마리가 우리나라에 남았습니다. 그게 바로 접니다."

성인이 된 후 처음으로 돈 안 되는 공연을 한 셈인데, 그러면서도 즐거울 수 있다는 사실이 놀라웠다. 그간 '실험적'이라고 칭하는 공연을 할 때조차 어느 정도 규격화된 틀 안에서만 움직였다는 생각이 들었다. 돈을 떼어 놓고 보니 모든 게 자연스러워졌고 무엇이든 열린 마음으로 대할 수 있을 것 같았다.

군대 친구 M이 나를 찾아온 것은 그즈음이었다. 남이공화국 매장 준비가 상당히 진전되었을 무렵이었다. 대학로 매장에서 바쁘게 손님을 맞고 있을 때, 직원이 다가와 친구가 찾아왔다고 전했다. 친구? 1층 매장으로 내려갔는데, 행색이 남루한 한 사내가 나를 기다리고 있었다. 아무리 기억해도 아는 얼굴이 아니었다. 누구지? 악수를 하고 솔직하게 기억이 나지 않는다고 말하자 그는 자신을 소개했다. 우리는 군대 훈련소에서 함께 지낸 사이였다. 하긴 그때 시간만 나면 앞에 나가 교관과 동기들을 웃겨댔으니, 나는 기억을 못 한다 해도 그들은 나를 기억하고도 남았다. 그는 한창 군대 생활을 할 때 내가 동기들보다 일찍 의병 제대한 후 TV에 나와서 신기하고도 반가웠다고 했다.

30년 만의 해후였다. 기억나지는 않지만 그렇다고 반갑지 않은 것은 아니었다. 어쨌든 함께 훈련소 생활을 했던 친구였으니까. 일단 밥부터 대접해야겠다고 생각했다. 스파게티를 준비해 내놓았는데, 어쩐지 이 친구가 포크 잡은 손을 떨면서 선뜻 식사를 하지 못했다. 친구는 눈물을 훔치며 나를 찾아온 사연을 풀어놓았다.

며칠 전 그는 죽을 결심을 하고 농약을 사 들고 부모님 묘소가 있는 산으로 향했다. 파산한 상태였고

피자, 너는 내 운명

가족을 보살필 여력도 없었다. 부모님께 절을 올린 후 농약을 마시려는데, 왜 그랬는지 내 얼굴이 생각 났다고. 내 사연이야 여러 매체를 통해 널리 알려진 터였다. 큰 고비를 극복하고 살아 있는 나를 본다면 작은 희망이라도 생기지 않을까 싶어서 무작정 만나 봐야겠다고 생각했다는 것이다. 사실 어제 도착해서 매장 안을 기웃거렸지만 열심히 일하는 모습을 보고 는 선뜻 나서지 못했다. 근처에서 배회하다 마로니에 공원에서 하룻밤 노숙을 한 뒤 다시 마음먹고 이렇게 찾아온 것이다.

사연이 참 딱했다. 지난 세월이 스치듯 떠오르면 서 뭔가 도움을 주고 싶었다. 하지만 그렇다고 무턱 대고 도울 수 있는 일도 아니었다.

"그래, 그동안 어떤 사업을 했는데?"

그렇게 물었더니 30년 동안 절을 지었단다. 전공 은 목수였고, 건축 전반을 담당했다고.

이런 게 인연 아닐까? 나는 더 생각할 것도 없이 그 에게 제안했다.

"야, 잘됐다. 최근에 가평에 땅을 사두었는데 나무 와 흙으로만 만들어서 자연을 느낄 수 있는 집을 짓고 싶어. 네가 지어줄 수 있겠니?"

그렇게 해서 나는 가평에 집 한 채를 갖게 되었다. 절만 지었던 노하우를 가진 친구가 지은, 보온재를 안 써서 겨울에는 좀 추운 집을. 집을 짓는 과정도 순탄치 않았고 친구의 이야기가 상당 부분 사실이 아니었던 탓에 이런저런 우여곡절을 겪었지만, 그 모든 일이 또 다른 깨달음을 주었다. 예상대로 순탄하게만 가면 재미가 없는 법이다. 선뜻 믿어서 되는 일도 있고 안 되는 일도 있다. 하지만 나는 여전히 직관을 믿고 사람들의 말을 잘 들어주는 편이다.

피자, 너는 내 운명

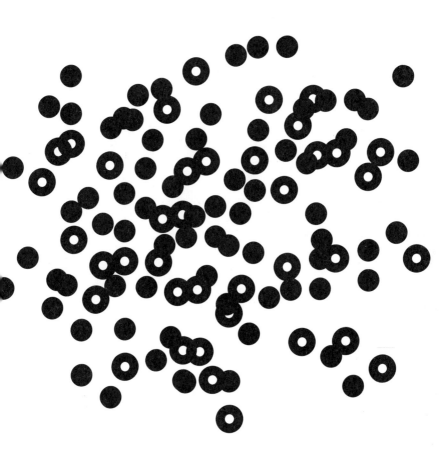

나 다시 시골 쥐로 돌아갈래

디마떼오 남이공화국점을 열면서 대학로와 남이 섬을 분주히 오갔다. 덕분에 일주일에 이틀은 가평에 내려와 황토집에 머물며 글을 쓰기도 하고 새로운 미래를 구상하기도 했다. 서서히 도시보다 시골의 매력에 마음을 빼앗기기 시작했다. 늘 비슷한 도시 풍경과 달리 시골은 시간과 계절에 따라 시시각각 자연의 모습이 변했고 하루하루가 다르게 느껴졌다. 달의 모양과 별빛의 변화를 느끼고, 자연 앞에 선 인간이란 존재의 왜소함을 배웠다. 들판이나 산등성이 곳곳에 봉긋하게 솟은 무덤들을 지나치며 죽음이 곁에 있음을, 그러므로 현재를 만끽해야 한다는 사실도 새삼스레 깨달았다. '메멘토 모리'Memento mori, '죽음을 기억하라'는 말로 현재 삶에 충실하란 뜻이다와 '카르페 디엠'Carpe diem, 고대 로마 시인 호라티우스의 시에서 유래한 말로 '오늘을 즐기라'는 뜻이다은

143

영화에만 나오는 얘기가 아니었다. 그건 바로 자연이 주는 준엄하고도 아름다운 교훈이었다.

고향 한산에서 보낸 유년 시절과 대전 보문산 인근의 친구네 집을 내 집처럼 드나들던 고교 시절이 떠올랐다. 자연이 놀이터였던 유년기, 학창 시절 친구들과 석양을 감상하거나 늦은 밤 별들을 바라보며 미래에 대해 끝없는 이야기를 나누었던 행복한 시간들. 소중한 추억을 떠올리면서 나는 본래 시골 쥐인데 서울 쥐로 착각하고 살았음을 깨달았다.

한 가지 의문이 고개를 들었다. 궁금증은 머릿속을 가득 채웠고 나는 그 생각이 인생의 행로를 바꾸어놓으리라는 것을 직감했다. 그 질문은 바로 이것이었다.

"우리 가족이 왜 꼭 서울에 살아야 하지?"

가족 설득 작전

　가평을 오가면서 절실하게 반성한 것은 무엇보다 아이들 교육에 관한 부분이었다. 삶의 여러 영역에서 욕심을 내려놓고자 했지만 정작 아이들 교육에 대해서는 기존의 사고에서 한 치도 벗어나지 못했었다. 어떻게 해서든 아이들이 좋은 줄에 서기를 바랐고, 능력이 닿는 한 무슨 수를 써서든 좋은 학교에 진학시키려 했다. 경쟁 속에 내몰아 놓고 주류의 삶에 안착하기를 바랐다. 큰아들 진구를 강남에 있는 중학교에 전학시킨 것이나 늦게 얻은 딸 채영을 한때 논란이 된 사립 초등학교에 5.3 대 1의 경쟁률을 뚫고 입학시킨 것이 단적인 예였다. 내가 정말 자기중심적 사고에서 벗어났다면 아이들을 경쟁으로 내몰기보다 자신만의 방법으로 느리게 살며 작은 것으로도 행복해하도록 가르쳤어야 하지 않을까.

꽃피는 산골, 그 속에서 놀던 때

우리가 살고 있는 성북동의 좋은 환경과 체계적인 사교육 시스템, 가평의 풍요로운 자연과 경쟁이 덜한 환경 중에 아이들에게 무엇이 더 좋을지 생각해보았다. 큰아들 진구야 이미 다 커서 저 스스로 길을 선택할 나이가 되었지만, 이제 막 초등학교와 유치원에 다니는 채영과 상구를 위한다면 어느 쪽이든 선택해야 할 시기였다.

도올 김용옥 선생의 책에서 본 '자연은 스스로 그러하게 한다는 뜻'이라는 문구가 떠올랐다. 자연에서 새와 교감을 즐기며 '자연이 곧 스승'이라고 표현했던 프란체스코 성인도 생각났다. 멀리 갈 것도 없었다. 나 역시 눈을 감으면 보리밭에서 뛰어놀던 기억, 동산에 올라 하늘 위에 떠다니는 뭉게구름을 보면서 황당무계한 꿈을 그리던 추억, 저수지에서 멱 감았던 짜릿한 경험이 떠올랐다. 내 생생한 기억과 아이들의 틀에 박힌 생활을 비교해보니, 과연 어느 쪽이 자양분이 될는지 물어볼 필요조차 없었다.

어떻게든 가족을 설득해 가평으로 이사해야겠다고 결론 내렸다. 일단 설득의 첫 단계로 틈날 때마다 가족을 가평으로 데리고 가서 시간을 보냈다. 일명 '꼬시기 작전'이었다. 최종 결정권자인 아내를 특히 자주 데려갔으며 한 달에 한두 번 주말에는 아이들도 함께했다.

아이들은 가평을 좋아했다. 곤충을 비롯해 동물들을 무서워하거나 흙길을 불편해하는 일은 그리 오래가지 않았다. 문밖의 자연이 아이들에게는 최고의 놀이터였다. 여름에는 개울에서 물놀이하고 가을에는 떨어지는 열매를 관찰하고 겨울에는 눈썰매를 탔다.

아이들이 자연에 빠져들 즈음, 나는 회심의 일격을 가했다.

"너희들 큰 개 한 마리 키우고 싶지 않니?"

큰 개를 키우는 것은 아무리 단독주택에 산다 해도 성북동에서는 결코 쉽지 않은 일이었다. 짖는 것도 염려스럽고 공간이 좁아 묶어두어야 하기 때문이다. '개'라는 말이 나오자마자 아이들은 뛸 듯이 기뻐했다.

"개를 키우려면 여기로 이사 와 살아야 하는데 괜찮겠어?"

아이들은 살짝 고민하는 듯했고 나는 굳히기 작전

147

으로 넘어가 양평의 대형견센터를 방문했다. 예상 대로 아이들은 한 방에 녹다운 되었다. 매일 저녁 가평으로 이사하자고 노래를 불렀다. 오케이, 1단계 클리어!

2단계이자 가장 어려운 관문은 경신이었다. 아이들을 설득하는 데 들인 노력의 두 배 이상 투자해야 했다. 성악가와 연극배우 사이에서 태어난 아이들이 공부에 남다른 재능을 보일 것 같지는 않으니 무리해서 공부시키고 싶지도 않으며 하고 싶은 대로 살게 해주고 싶다는 논리를 펼쳤다. 아리스토텔레스가 『행복론』에서 '스스로 좋아하는 일을 남들이 인정할 때, 그 일을 직업으로 삼을 때 비로소 행복하다'고 하지 않았느냐며 거창한 이야기도 동원했다. 가장 중요한 것은 인성 발달인 만큼 경쟁적인 관계가 대부분인 도시의 학교를 벗어나 자연에서 뒹굴면서 친구들과 어울려야 한다고 쐐기를 박았다.

감사하게도 경신은 항상 열려 있는 사람이다. 아내는 처음에는 "여기도 사람 사는 곳이니까"했다가 "괜찮을 수도 있겠다"까지 넘어왔다. 그러다 결정적으로 아이들의 강아지 타령에 마음을 굳혔다.

  의외로 가평행 결정에 가장 당황한 사람이자 번외의 설득 대상은 딸아이가 다니는 사립초등학교 교장선생님이었다. 학부모들이 극찬하는 완벽한 커리큘럼과 깔끔한 학사관리로 모든 이들의 선망이 되는 학교를 관두고 시골로 전학한다고 말씀드리자 교장선생님은 조심스레 물었다.

  "혹시 외국으로 이민 가시나요?"

  "아닙니다. 마장으로 갑니다."

  교장선생님은 마장이 어디 붙었는지도 모르는 눈치였다.

  "가평 마장초등학교요."

  "아, 네."

  교장선생님은 떨떠름한 표정을 지었다. 가평의 시골 학교에 보내고 매일 밤 별을 볼 수 있는 환경에서 키우고 싶다는 얘기에 한참 동안 말을 잊지 못하고 그저 멍하니 쳐다보았다. 마지막으로 걱정하듯 한마디 덧붙였다.

  "그편이 바람직한 교육이긴 하지만 현실적으로 적

용하기 쉽지는 않을 텐데요." 결국 설득은커녕 이해
받기도 어려웠다. 어쨌거나 우리는 서울 생활을 정
리하고 가평으로 이사했다. 이삿날인 2012년 2월
29일, 마치 우리 가족을 환영하듯 준고속 ITX 청춘열
차가 개통했다.

시골이 도운 부모 노릇

시골의 일상과 도시의 일상이 같을 리 없다. 가장 큰 차이는 가족 구성원끼리 서로 접촉하는 시간이 엄청나게 늘어났다는 점이다. 장점이 훨씬 많은 생활 방식이지만 붙어 있는 시간이 많을수록 크고 작은 다툼도 많이 벌어진다.

우선 도시에서 바쁘게 생활할 때는 몰랐던 아이들의 못마땅한 생활 태도가 눈에 들어왔다. 생각보다 민첩하지 않은 행동, 제대로 정리하지 않는 습관, 집 안을 지나치게 어지럽힌다거나 밥을 너무 빨리 먹는다거나 잘 씻지 않는다거나 하는 행동들이 눈에 띈다. 결국 잔소리하거나 짜증을 부리다가 일이 커진다. 어디 그뿐인가. 나는 좀 쉬고 싶은데 옆에서 쿡쿡 찔러대서 짜증 날 때도 있다. 각자의 생체리듬, 짜증 지수가 다른데 오랜 시간 함께하다 보니 충돌이 일어

꽃피는 산골, 그 속에서 놀던 때

난다.

하지만 시간이 많다는 것은 다툼 후에 회복할 시간도 충분하다는 뜻이다. 미안해서, 배가 고파져서, 심심해서, 무엇보다 가평 산골 집에는 우리밖에 없으므로, 먼저 손을 내밀고 미소를 짓고 사과한다. 가족을 바꿀 수는 없으니 서로에게 맞춰나간다. 차츰 매사에 양보하고 서로를 조금씩 제대로 이해하게 된다. 그러다 보면 온갖 미운 정 고운 정이 다 든다. 나 역시 참지 못하고 지적하는 대신 조금 더 지켜보는 지혜를 발휘하게 되었다. 잘한다고, 대단하다고, 멋지다고 칭찬을 많이 해주는 아빠가, 조급해하는 대신 기다릴 줄 아는 느긋한 아빠가 되어간다. 시골 생활이 내게 가져다준 선물인 셈이다.

서울에서는 학원 선생님, 레슨 선생님, 캠프 선생님이 내 역할을 분담하고 있었다. 결국 아빠가 하는 일이란 차로 데려다준다거나 준비물을 챙겨준다거나 아이가 지루한지 확인하는 보조 역할 정도였다. 그뿐만이 아니었다. 이만큼 돈과 시간을 투자했으니 당연히 제대로 된 결과가 나와야 한다는 생각에 아이가 달라지기를 기대했다. 관심이나 친밀도와는 별개로 투자한 만큼 얻고 싶어 하는 경제적 관점의 마음이었다. 선생님과 상담이라도 한 날은 아이를 자극하기 일쑤였다. 어쩌다 마주칠 때나 마침 생각났을 때 이것저것 확인하다 보니 준비가 되지 않은 아이에게 부담이나 상처를 주기도 했다. 어떤 관계든 함께하는 시간이 필요한 법인데 바쁘게 살다 보니 부모와 자식 간의 시간이 절대적으로 부족했다.

하지만 이곳에서는 아이들을 충분히 이해할 기회가 주어졌다. 오래 지켜볼 수 있는 시간이 생긴 것이다. 교육에 관심을 두고 아이들을 들여다보는 만큼 우리는 서로 길들어갔다. '각자 바라보기'에서 '서로 보기' 관계로 발전했다. 강한 유대감이 형성되었다.

동네 사람들과 어울리는 일도 이웃의 의미를 알고 타인의 삶을 이해할 수 있는 자연스러운 교육이었다. 마주칠 때마다 무언가 하나라도 더 챙겨주려는 이웃들이 많았다.

"이 나물 좀 가져가."

"와, 이렇게나 많이 주시는 거예요? 그런데 이건 무슨 나물이에요?"

꽃피는 산골, 그 속에서 놀던 때

"응, 무쳐 먹는 나물."

"이름은요?"

"무쳐 먹는 나물!"

감사 인사를 드리고 돌아서며 우리 가족은 이렇게 얘기했다.

"이름이 뭐가 중요하겠어. 먹을 수 있는지 없는지가 더 중요하지."

버스 기다리는 분을 태워드리면서 이야기를 나누기도 했다.

"아. 그 유명한 개그맨 아저씨의 아이들이구나, 너희 아빠가 예전에 말이야…."

이런 이야기를 들으면서 아이들은 아빠에 대해 더 호감을 느끼게 되었다. 빈대떡을 부쳤다고 한 접시, 김치를 담갔다고 한 사발, 자꾸만 이어지는 접시와 사발의 주고받음 속에서 삶의 정겨운 냄새가 풍겼다.

가평으로 이사 온 뒤 가장 좋았던 점은 아이들에게 자신들만의 생활이 생겼다는 점이다. 평일이면 학교와 집 주변, 남이섬 등 행동반경 전체가 놀이터였다.

학교 수업 외에는 마음껏 친구들과 놀거나 책과 영화를 골라 즐겼다. 주말이면 온 가족이 서울로 올라가 대학로 매장을 방문했는데, 아빠가 일하는 동안 아이들은 엄마와 함께 전시회나 연극을 관람하고 디마떼오 근처의 극단 목화 작업실에 놀러 가기도 하면서 시간을 보냈다. 어느 순간 아이들의 말수가 크게 늘었다는 것을 느꼈다. 어쩌면 원래 말이 많았는데 그동안 내가 들어줄 시간이 없었던 것인지도 몰랐다.

가평 생활을 한 지 서너 해가 지난 어느 날, 아이들은 묻지도 않았는데 장래희망에 관해 이야기했다. 내 은사의 연극을 보고 크게 감명받은 이후 서울에 갈 때마다 극단 목화 연습실을 놀이터 삼아 다니던 딸 채영은 연극 연출가가 되고 싶다고 했다. 아들 상구는 되고 싶은 게 너무 많았다. 어느 날은 도둑이, 다른 날은 경찰이, 또 어떤 날은 의사가, 그러다가 한 번은 송장이 되고 싶어 했다. 상구가 무엇이 되고 싶어 하든 간에 나는 엄지를 치켜 올려주었다. 그리고 한참 후 도둑도 경찰도 의사도 송장도 다 될 수 있는 직업이 있다고, 그게 배우라고 말해주었다. 그러자 이내 '세계적인 배우가 되겠다'고 떠들었다. 이때 나는 한

155

마디를 덧붙였다.

"한국적인 배우도 멋있어. 물론 네가 세계적인 배우가 되겠다면 그것도 좋겠지. 아빠는 키도 작고 영어도 못해서 세계적인 배우가 될 꿈은 꿔보지도 못했는데 네게 그런 얘기를 들으니 좋구나."

상구는 그때부터 생전 안 하던 영어에 관심을 갖기 시작했다. 물론 관심이 그리 오래 이어지지는 않았지만. 나는 대신 찰리 채플린이나 미스터 빈이 출연하는 코미디 영화를 보여줬고, 아이는 시간 날 때마다 마치 처음인 것처럼 몇십 번이고 반복해 보았다. 무엇이 되었든 아이들이 하고 싶은 일이 생겼다는 것만으로도 뿌듯했다. 시골 생활은 내가 부모로서 아이들에게 해준 가장 큰 선물이나 다름없었다.

연극놀이 한번 해볼까?

가평에 터를 잡은 후 나는 아이들을 위해 할 수 있는 일이 없을까 하고 고민했다. 학교로 찾아가 교장 선생님을 만났고 연극 관련 특강을 해주고 싶다는 뜻을 전했다. 단발적인 행사보다 지속할 수 있는 프로그램을 만들고 싶다는 학교 측의 반응으로 인해 그 이듬해에 연극반을 만들었고, 그렇게 마장초등학교 연극반 선생님이 되었다.

연극반 운영은 순조로웠다. 자신의 이야기로 상황극을 꾸미는 방식으로 수업을 진행했는데, 상황을 주면 아이들이 창의적인 이야기를 만들어냈고 역할을 나눠 짧은 장면을 연습했다. 아이들은 수업 시간 내내 놀라운 집중력을 보여주었고 일상생활에서도 긍정적인 변화가 일어났다. 연극반 학생 중 눈에 띄게 산만한 아이가 있었는데 평소에는 수업 시간에도

157

교실을 돌아다니며 딴짓을 일삼았다. 처음에는 연극에도 무심했던 녀석이 점점 빠져들어 열심히 하더니 일반 수업 시간에도 차분히 임하게 되었고, 그 모습을 본 선생님을 비롯한 학교 측은 아주 흡족해했다. 나 또한 동네 아이들을 위해 할 수 있는 일을 찾게 되어 기뻤다.

학교에서 연극반을 운영한다는 사실이 알려지면서 가평교육지원청의 교육장으로부터 흥미로운 제안을 받았다. 학교폭력 가해 학생들을 대상으로 학생과 학부모가 함께 참여하는 2박 3일 프로그램을 운영하는데 특강을 해달라는 요청이었다. 나는 주저 없이 수락했다. 다만 특강이 아니라 연극놀이로 내용을 바꿔 진행하겠다고 제안했다.

가해 학생들을 대상으로 한 프로그램 운영은 호락호락하지 않았다. 문을 열고 들어서니 학생들이 하나같이 엎드려 자고 있었다. 학부모들은 민망해 어쩔 줄 몰라 했다. 나는 학생들이 듣건 말건 이야기를 끌고 나갔다. 일단은 눈빛을 주고받을 수 있는 부모님을 대상으로 이야기했다. 때로는 화려했고 때로는 암

울했던 내 인생 이야기를 통해 큰 웃음을 주며 공감을 끌어냈다. 가끔은 퀴즈도 내고 가벼운 게임도 했다. 와자지껄 웃음소리가 이어지자 아이들이 하나둘 고개를 들기 시작했다. 내 못난 이야기가 신선했는지 슬쩍 함께 웃기도 하고 간혹 질문을 던지기도 했다. 얼추 넘어왔다는 확신이 들 때쯤 미끼를 던졌다.

"자, 그럼 우리 연극놀이 한번 해볼까?"

어리둥절한 시선을 받으며 본격적으로 프로그램에 들어갔다. 부모와 아이를 한 가정씩 앞으로 나오게 한 후 롤 플레이Role play를 시켰다. 잘 알려졌다시피 역할극을 이르는 롤 플레이는 연극을 통해 상대의 마음을 헤아려보는 데 목적이 있다. 가장 중요한 것은 상대방의 입장이 되어 행동하는 것이다. 부모와 학생들은 처음에는 쑥스러워하다가도 조금씩 몰입하며 자신의 말과 행동을 상대방이 어떻게 느끼는지 깨닫기 시작했다.

마지막 하이라이트는 아이가 부모의 발을 씻겨주는 세족식이었다. 나는 아이들이 부모의 발을 봐주기를 원했다. 부모님이 얼마나 열심히 살고 있는지, 그 이유가 무엇인지 깨닫기를 바랐다. 학생들은 처음에

꽃피는 산골, 그 속에서 놀던 때

는 당황스러워했지만 이내 정성껏 부모님의 발을 씻겨주었다. 몇몇 부모님은 눈물을 흘렸고, 세족을 마친 뒤에는 아이와 함께 부둥켜안고 울기도 했다. 그때쯤 되면 처음에 보았던 버릇없고 불량한 학생은 더이상 온데간데없어진다. 다만 부모 품에 안겨 그저 위로받고 싶어 하는 순진한 아이들만 남아 있을 뿐이었다.

수덕원 프로그램은 나름의 의미 있는 성과를 거두었고, 이를 좋게 보았던 교육장의 지지와 가평군수의 관심으로 2014년에는 가평군 소재의 모든 학교인 20개 초·중·고교에 연극반이 만들어졌다. 나는 신바람이 나서 모교인 중앙대 연극학과와 한국연기예술학회에 다리를 놓아 가평군과 가평교육지원청이 MOU정식 계약 체결 전 상호 동의한 내용을 담은 서면 합의를 맺었다. 결국 이것은 가평과 연극을 향한 내 큰 그림의 작은 출발이 되어주었다.

연극반 선생님의 큰 그림

사실 마장초등학교에서 연극반을 운영할 때부터 이를 가평군 전체로 확대하려는 계획을 세우고 있었다. 인성교육의 대안으로, 흥미로운 동아리 활동으로, 타인을 배려하는 학습으로 연극 수업을 확장하고 싶었다. 우여곡절이 있었지만 결국 이는 실현되었고 이제 그다음 단계로 나아갈 차례였다. 나는 가평에 연극인 마을을 조성하겠다는 큰 그림을 가지고 지역 지도자들을 찾아다녔다. 실무자를 만나려고 가평군청을 수차례 드나들기도 했다.

이 계획에 가장 큰 영감을 준 사람은 스승인 오태석 연출가였다. 남이섬에 매장을 내고 가평에 황토집을 지은 후 선생을 모시고 나들이를 한 적이 있다. 디마떼오 남이공화국점에 들렀다가 치즈마을을 해보려고 근처에 사둔 땅을 보여드렸다. 그는 야트막한

161

산으로 이어지는 옛 화전민 터를 둘러보더니 전혀 예상치 못한 말을 꺼냈다.

"일본의 스즈키 타다시라는 연극 연출가가 30여 년 전에 세운 '도가 연극마을'이란 곳이 있네. 작은 마을에 극장이 여러 개 있고 다양한 연극을 관람할 수 있지. 치즈마을을 만들어서 돈 버는 것도 좋지만 여기에 연극마을을 짓는 건 어떨까? 힘들더라도 자리 잡으면 많은 사람이 자네의 연극적인 삶을 기억해줄 테고, 이 지역 사람들에게 특별한 가치를 부여해줄 수도 있고 말이야."

처음에는 그냥 흘려들었다. 애초에 다른 계획이 있었고 너무 막연한 구상이라고 생각했기 때문이다. 그런데 학생들과 연극반을 만들고 수덕원에서 연극놀이 프로그램을 운영하면서 문득 선생의 제안이 떠올랐다. 그 후로 조금씩 연극마을에 대한 생각이 자라나기 시작했다.

초기 구상은 연극인들의 귀촌을 유도해 문화 공동체를 이룬 뒤 연극을 무대에 올리면서 점진적인 문화 운동으로 확장해나가자는 내용이었다. 그러나 도가 연극마을을 방문한 뒤부터는 생각이 좀 달라졌다. 도가는 주민 중 65세 이상이 32.2%를 차지하는, 노인 인구 비율이 높은 산간오지의 작은 동네였다. 인구도 고작 600명에 불과하지만 연극축제인 '도가 페스티벌'을 개최해 국제적인 명소로 부상하면서 연간 방문객이 13만 명에 이른다고 했다. 나는 해답을 얻은 것 같았다. 가평으로 이사 온 이후 어떻게 하면 지역에 기여할 수 있을까 하고 내내 고민했는데 그 실마리를 찾게 된 것이다. 도가 연극마을처럼 가평도 연극문화 도시로 충분히 발전시킬 수 있겠다는 확신이 들었다.

이후 김성기 가평군수와 가평이 지역구인 정병국 국회의원을 차례로 만나면서 꿈을 구체화해나갔다. 두 분 모두 매우 긍정적인 반응을 보였고, 한 번은 김 군수 또 한 번은 정 의원과 함께 도가 연극마을로 답사를 다녀왔다. 모두 적지 않은 충격을 받은 듯했다. 가능성을 확인하고서 약속이라도 한 듯 똑같이 질문했다.

"그럼 가평에는 어떤 연극마을을 구현하면 좋을까요?"

나는 기다렸다는 듯이 자신 있게 답했다.

꽃피는 산골, 그 속에서 놀던 때

"생활 연극, 즉 커뮤니티 연극을 해야 합니다."

설명을 덧붙였다.

"순수 미술을 응용한 작업을 응용 미술이라고 하듯이 연극을 활용한 응용 연극이 있습니다. 응용 연극 중에는 교육 연극이 있고, 정신과 치료에 쓰이는 사이코드라마도 있고, 공동체 연극이라고도 하고 생활 연극이라고도 하는 커뮤니티 연극이 있습니다. 커뮤니티 연극은 대개 교도소나 슬럼가 등 작은 공동체에서 이루어집니다. 이 커뮤니티 연극을 가평 전역으로 적용해보면 어떨까 합니다."

목소리가 점점 커지는 게 느껴졌다. 이 얘기를 할라치면 나도 모르게 신이 났다.

"유명한 극단들을 초청해 여는 전문 배우들의 연극제가 아니고 주민이 함께하는 연극제를 여는 거죠. 부부싸움 자주 하는 사람을 뽑아서 집안 연극하고, 장터나 전철에서 일어날 수 있는 일로 생활 연극을 할 수 있습니다. 주민들이 직접 연극을 하면 어설프더라도 그 자체가 굉장한 매력이 될 수 있습니다. 해를 거듭할수록 자연스러워지고 그 힘이 쌓여 독특한 연극도시가 될 거예요."

도가 연극마을은 전문 배우들이 모여서 세련된 연극을 선보인다. 하지만 우리는 다르게 접근해야 했다. 배우들을 불러들이려면 비용이 많이 들고 가평으로 내려오려고 하지 않을 것이다. 나는 가평을 주민 참여형의 자연스러운 연극을 선보이는 연극문화도시로 만드는 큰 그림을 그렸다.

가평을 무대로 커뮤니티 연극을 해보자고 말한 데는 이유가 있었다. 소박한 마음에서 시작한 마장초등학교 연극반과 수덕원의 교육 프로그램을 통해 확인한 것처럼, 가평 사람들 또한 연극을 통해 상처를 치유하고 삶이 풍요로워지길 바랐다. 또한 커뮤니티 연극은 내가 석·박사 과정을 밟으면서 특히 관심 두었던 분야다. 이때 배웠던 이론을 현장에 적용해보고 싶었는데 가평이라면 커뮤니티 연극을 다양하게 적용해보기에 적합해 보였다.

계획을 구체화하기 위해 지자체의 협조와 관심이 절대적으로 필요했고, 그래서 여태 그들을 부지런히 찾아다녔던 것이다. 나는 김 군수와 정 의원을 자주 만나 논의했고 그들은 가평에 연극마을을 구현할 수

165

있도록 적극적으로 도왔다. 초창기 연극마을의 밑그림을 그리는 데 큰 도움을 준 또 한 분은 중앙대 은사인 최정일 교수다. 그분의 해박한 연극적 지식을 접하면서 나는 가평이 주민 참여형의 커뮤니티 연극마을이 될 것이라고 확신할 수 있었다.

동네가 무대가 되고 이웃이 배우가 된 날

처음에는 연극제를 위한 준비가 순조롭게 진척되어가는 듯 보였다. 그런데 준비 도중 김성기 군수가 축제를 열 수 있는 마땅한 시설이 없다며 연극마을 조성부지에 시설을 갖춘 뒤 천천히 행사를 기획하는 것이 어떻겠냐고 물었다. 하지만 나는 그 반대를 제안했다. 모든 시설을 다 갖춘 다음 일을 벌이는 건 지금까지 해오던 안정적인 방식이었다. 발상을 뒤집어 다르게 접근해서 다른 결과를 내고 싶었다.

"연극제부터 열어야 해요. 연극제를 준비하면서 자연스럽게 필요한 시설을 갖출 것이고 그 과정 자체가 의미 있는 시도가 될 겁니다. 처음엔 좀 어설프겠지만 차츰 보완될 거고요."

실제로 예로부터 우리나라는 특별한 무대가 없는 산과 들에서도 연극 잔치를 해왔다. 전통 민속극인

꽃피는 산골, 그 속에서 놀던 때

산대극山臺劇이 바로 그러했는데, 그 명칭을 따서 가평 연극제도 산대 연극제라고 이름 붙이려 했다. 한데 개그맨 전유성 선배가 아이디어를 냈다. 주민들이 어설픈 활동을 통해 성장하는 과정이 바탕인 축제라는 뜻으로 '어설픈 연극제'가 어떠냐는 것이었다. 그럴듯했다. 나는 그 아이디어에 가평의 10년 대계를 준비한다는 의미로 숫자 '1/10'을 붙여 이름을 완성했다.

2014년, 가평군이 주최하고 한국연기예술학회가 주관하는 〈1/10 어설픈 연극제〉가 열렸다. 이화리 연극마을 일대에서 '가평을 무대로 주민이 배우로'라는 슬로건으로 10월 18~19일 양일간 개최했으며, 나는 조직위원장으로서 기획부터 홍보 활동까지 주도적인 역할을 맡았다. 우선 연극제가 열리기 전 가평군청과 가평교육지원청을 오가며 연극 관련 기반부터 다졌다.

"예술가와 연극단체를 가평으로 끌어들여야 합니다. 서울에서 초청해오는 방식으로는 갑과 을의 관계를 벗어날 수 없습니다. 서울과 가평이 동등하게 관계를 맺어야 합니다. 도서관에 예술 서적이 없으니 국립예술자료원과 관계 맺고, 가평에는 대학이 없으니 연극학과를 갖춘 학교와 협연해서 누이 좋고 매부 좋게 해봅시다."

얼마 후 국립예술자료원, 중앙대학교, 한국연기예술학회와 MOU가 체결되었다.

연극 공연을 위해 가평교육지원청 후원으로 오디션을 치르고 중·고교 학생 12명을 선발했다. 이 팀이 동서울대학교 연극학과 학생들과 함께 〈가평 가다〉라는 창작 작품을 기획해 무대에 올렸다. 가평군 내 6개 읍면에서 활동 중인 연극 동아리를 조사하고 이들이 축제 무대에 오를 수 있도록 설득하고 독려했다. 그 결과 연극 활동을 기반으로 하는 가평의 크고 작은 커뮤니티가 대거 참여해 서로 소통하고 교류할 수 있었다. 무라니, 영골, 이화극장까지 세 개의 무대에서 다양한 연극과 놀이 공연, 워크숍 등이 열렸다.

첫 연극제는 그 이름처럼 다소 어설펐으나 반응만큼은 뜨거웠다. 특히 〈전국노래자랑〉을 패러디한 〈진국노래자랑〉이 언론으로부터 큰 관심을 받았다. 마스크를 한 출연자들이 춤추고 노래하고 악기를 연

꽃피는 산골, 그 속에서 놀던 때

주하게끔 구성했는데, 막상 마스크를 벗었을 때 그 주인공이 군수, 부군수, 군의원인 것을 알고 주민들이 박장대소했다.

연극제를 무사히 마칠 즈음 경신과 나는 또 다른 꿈을 꾸기 시작했다. 유럽 3대 거리축제 중 하나로 이탈리아의 비아레조에서 열리는 〈비아레조 카니발〉 Carnevale di Viareggio을 〈어설픈 연극제〉에 접목하고 싶었다. 카니발에서 사용한 거대 인형을 수입하자는 경신의 엉뚱한 아이디어가 부군수와 정병국 의원의 호기심을 자극했다. 우리 부부는 〈비아레조 카니발〉이 열리는 2월에 이탈리아로 가서 인형 수입계약을 체결하고, 내친김에 비아레조 축제재단과 가평군이 MOU를 체결하게 하자는 야무진 계획까지 세웠다. 일찍이 조상님들이 말씀하셨듯, 물 들어올 때 얼른 노 저어야 했다.

안 되는 일도 잘되게 하라

2015년 1월 19일, 나는 이탈리아 나폴리에서 대한민국 서울의 정병국 의원에게 한 통의 메시지를 보냈다. 로마에서 근무하는 한국 대사관의 고위 직원을 만나게 해달라는 내용이었다. 나는 매년 그래왔듯 연초에 이탈리아를 방문해 디마떼오에 필요한 식자재 수입 업무를 보던 중이었고, 이참에 비아레조 축제재단과 접촉해 업무 협약을 추진하고 싶었다. 메시지를 보냈을 때는 개인 업무를 일단락한 후 나폴리에서 비아레조로 향하기 직전이었다. 혼자 부딪치기보다 대사관의 지원을 받는 편이 효과적일 듯싶었다.

얼마 후 외교특위에서 활동 중인 정 의원의 전화를 받고서 대사관으로부터 연락이 왔다. 나는 아내와 함께 곧바로 대사관으로 찾아갔다. 30분이 넘도록 '어설픈 연극제'를 비롯한 그간의 활동과 앞으로의 계획을 설명했다. 내 말을 듣는 직원들의 표정이 어쩐지 심란해 보였다. 설명이 끝나자마자 한 직원이 물었다.

"그래서 구체적으로 어떤 지원을 원하시는 거죠?"

긍정적인 답변을 기대한 나로서는 상당히 당혹스러웠다.

"당연히 MOU를 체결할 수 있도록 도와달라는 것이지요. 3주 후인 2월 14일에 〈비아레조 카니발〉이 열리지 않습니까. 그때 비아레조 축제재단과 MOU를 맺으려 하는데 행정적인 지원을 부탁드리는 겁니다. 마침 가평 부군수와 지역 국회의원도 오시거든요."

당황한 기색을 숨기지 못한 채 대사관 직원은 내가 원하는 대답을 내놓는 대신 잘못된 점을 지적하기 시작했다.

"우선 MOU는 그렇게 쉽게 맺어지는 것이 아닙니다. 모든 것은 절차가 있게 마련이며 특히 해외 지자체 간 절차에 따르면 적어도 2~3년은 걸립니다."

그들은 마치 세상 물정 모르는 어린 동생을 다독이는 형의 얼굴로 나를 대했다. 아무 대거리 없이 그저 눈만 끔뻑이고 있자 한 가지 훈수를 더 보탰다.

"지금이라도 빨리 연락해 부군수와 국회의원이 오기로 한 일정을 취소시키세요."

그리고는 한심하고 어이없다는 눈빛을 서로 교환하면서 정작 처음부터 하고 싶었을 것이 분명한 마지막 멘트를 날렸다.

"아니, 도대체 행사 관계자도 만나보지 않은 상태에서 어쩌려고 그러셨어요."

답답한 노릇이었다. 절차를 모르고 온 내가 안타까워 그랬을 그들의 태도를 이해하면서도 한편으론 실망스러웠다.

"그래요. 절차가 있겠죠. 하지만 절차를 모른다고 해서 시도조차 하지 말아야 하나요? 아니 도대체 시도하지 않고 이루어지는 일이 있습니까? 하물며 2~3년이라니요. 6개월이면 트렌드도 바뀌고 강산조차 변하는 시대 아닌가요? 그리고 부군수와 국회의원은 MOU 때문이 아니라 〈비아레조 카니발〉에 참여하기 위해서 오는 겁니다. 일부러 오지 말라고 연락할 필요는 없다는 뜻입니다!"

딱 여기까지만 얘기하고 말았어야 했다. 하지만

꽃피는 산골, 그 속에서 놀던 때

나는 멈추지 못하고,

"이 순간, 제 마음속의 멘토 이순신 장군과 정주영 회장이 떠오릅니다. 이순신 장군은 많은 문관이 꽁무니를 뺄 때 12척의 배로 300여 척의 일본 배를 물리쳤죠. 정주영 회장은 500원짜리 동전 속의 거북선으로 우리 선조의 창의성을 피력해 영국에서 조선 사업의 계약을 성사시켰습니다. 두 분 몸속에도 우리 부부 몸속에도 이순신과 정주영의 피가 흐르는데, 무조건 안 된다는 말만 하니 참 답답합니다."

끝내 그들의 말에 결코 수긍할 수 없었지만 알겠다면서 이야기를 마무리 지었다. 착잡하고 씁쓸하고 참담한 기분을 벗어 던질 수 없었다. 다만 좌절 속에서 오히려 오기가 생겼다. 대사관을 걸어 나오는데 때마침 오랫동안 이탈리아를 왕래하며 알게 된 대사관 직원 최병일 실장을 만났다. 사연을 들은 최 실장은 나를 위로했다. 그리고 비아레조 인근 피에트라산타에 살며 유럽을 무대로 활동하는 한국인 조각가를 아는데 혹시 모르니 다리를 놓아주겠다고 했다.

그에게 고맙다는 인사를 하고 아내와 나는 숙소가

있는 나폴리로 향했다. 렌터카를 빌려 고속도로에 진입할 즈음 하필 비가 내리기 시작했다. 낡은 윈도브러시 때문에 닦으면 닦을수록 더 더러워지는 차창처럼, 대사관에서 생긴 무거운 마음이 좀처럼 씻기지 않았다. 온갖 생각들이 머릿속에 뒤엉켜 고민이 점점 커져갔다. 옆자리에 탄 아내는 내내 말이 없었다. '왜 아무 말도 하지 않지? 혹시 너무 낙담한 건 아닌가?' 하고 고개를 돌려 보니, 아내는 조용히 기도하고 있었다.

나폴리 근처에 도착했을 즈음 아내의 전화벨이 울렸다. 최병일 실장이 말한 한국인 조각가 박은선 선생의 전화였다. 그는 18년 전 이탈리아로 건너와 활동하고 있는 조각가로 동양 감성에 이탈리아의 형식미를 결합한 작품 세계로 유럽에서 큰 성공을 거둔 분이었다. 어떤 일인지 묻는 그에게 최대한 예의를 갖추어 단지 가평을 연극도시로 만드는 일에 도움받고 싶다고 말했다.

"그렇다면 당연히 도와야죠."

그는 선물 같은 대답을 안겨주었다.

문제는 시간이었다. 박 작가는 일정이 빠듯해 오

꽃피는 산골, 그 속에서 놀던 때

늘과 내일 정도만 시간을 낼 수 있다고 했다.

"그럼 내일 뵙겠습니다."

내 거처가 나폴리라는 것을 알고 있던 그는 화들짝 놀랐다. 그 먼 거리를 어떻게 오느냐며 걱정했지만 "만나주시는 것만으로 감사합니다. 벌써 길이 보이는 것 같습니다"라고 답하고 전화를 끊었다.

이탈리아 남부 지방 나폴리에서 중북부 지방 비아레조까지 꼬박 6시간 반이 걸렸다. 친구 집에 맡겼던 아이들까지 네 식구가 아침 일찍 낡고 작은 렌터카에 올라탔는데 늦은 오후에야 도착했다.

다행히 이야기가 잘 통했다. 박은선 작가와 그의 아내는 우리가 지금까지 벌여온 일들에 관해 매우 흥미롭게 경청했다. 어제 대사관 직원들의 미간을 잔뜩 찌푸리게 했던 이야기가 오늘 박 작가 부부의 입가에 미소를 번지게 했다. 내 얘기를 듣고 있는 상대가 다를 뿐인데 대화의 분위기가 이토록 판이하다는 사실에 놀라웠다.

간절히 구하면 이루어지는 모양이었다. 박은선 작가는 어떻게 해서든지 나를 돕겠다고 했다. 더구나 박 작가는 마침 그해 열리는 〈비아레조 카니발〉의 심사위원 중 한 명으로 위촉된 상태였다. 당연히 축제를 책임지고 있는 사무국장과도 친분이 있었다.

일은 일사천리로 진행되었다. 박은선 작가의 소개로 만난 알렉산드라 사무국장과 질베르트 예술감독은 가평에서 거대 인형 축제를 열고자 하는 제안을 흔쾌히 받아들였고, MOU 체결 역시 순풍에 돛 단 듯 순탄하게 이뤄졌다.

그런데 MOU 체결을 앞두고 우리 쪽에서 심상치 않은 기류가 감지되었다. MOU를 준비하기 위해 모인 회의에서 험악하고 짜증 섞인 이야기들이 오갔다. 축제 개최와 MOU 모두 민간인이 앞서 주도하고 그 성과가 가시화되자 계약 주체의 치적을 놓고 일종의 주도권 다툼이 일어난 것이다. 정말이지 당혹스러웠다. 계약 체결을 마무리하는 데 힘을 모으고 집중해도 모자랄 판에 논공행상을 따지고 있는 현실이 어이없고 답답했다. 누구의 공이면 어떻겠는가. 국회의원이든 군수든 담당 공무원이든 민간인이든 그 자체로 의미 있는 것 아닌가. 따지고 보면 모두의 공으로 이루어낸 일이니 그렇게만 남겨두어도 뜻깊고 남

177

다른 사례가 되지 않을까. 물론 그건 나만의 생각이었다.

어찌 되었든 2015년 2월 14일, 가평군과 비아레조 축제재단과 한국연기예술학회가 MOU를 체결하고 142년 전통의 〈비아레조 카니발〉을 응용한 거대 인형 축제가 대한민국 가평에서 펼쳐지게 되었다.

십시일반 축제가 열리다

그해 5월, 가평에서 열릴 축제에 앞서 사전답사 형식으로 지역도 소개하고 협조사항도 조율할 겸 비아레조 축제재단의 사무국장과 예술감독, 기술 전문가를 한국에 초청했다. 축제의 총감독으로서 방문 팀과 5박 6일간 함께 지내게 된 나는 그들에게 깊은 인상을 남겨주고 싶었다. 마침 그들이 가평을 방문하는 첫날이 가평 오일장이 서는 날이었고, 나는 시장 구경을 시켜주면서 작은 이벤트를 벌였다. 주민들이 거리에서 작은 해프닝을 펼치는 커뮤니티 연극 한 편을 준비한 것이다. 장터에서 결혼식을 여는 상황극이었다. 신랑신부가 훈련된 동작을 펼쳤고 하객들이 봉산탈춤과 비보이 댄스를 추고 래퍼와 바이올린 연주자가 함께 무대에 올랐다. 방문 팀은 공연에 무척 흡족해하며 출연진으로 속해 있던 학생들을 이듬해 비아

179

레조 축제에 참여시키겠다고 약속했다.

다음 날은 정병국 의원을 방문하는 일정이었다. 우리나라 정치의 중심인 국회의사당을 보여주려던 것인데, 간 김에 당시 국회를 책임지고 있던 정의화 의장을 만나보고 싶었다. 그분과는 몇 해 전에 디마떼오 손님으로 몇 번 오셨을 때 직접 서빙하며 얼굴을 뵈었던 기억이 있었다.

작은 인연에 기대어 전화기 버튼을 눌렀다. 오랜만에 연락하면서 대단히 어려운 부탁을 청해야 했기에 송구스러웠다. 하지만 정의화 의장은 만나고 싶다는 요청을 흔쾌히 허락해주었다. 짧게 30분 정도는 짬 낼 수 있다며 약속 시각을 알려왔다. 그는 우리 일행을 반갑게 대해주었고 축제 기간에는 가평을 방문하겠노라 약속했다.

축제에 큰 도움을 준 수도기계화보병사단이하 '수기사' 사단장과의 관계 역시 작은 인연에서 비롯되었다. 이미 날짜가 잡혀 있는 상황에서 한정된 예산으로 거대 인형을 소재로 축제를 준비하는 일이 쉬울 리 없었다. 누군가의 전폭적인 지원과 도움이 간절했고 자연스럽게 가평 내에 주둔해 있는 수기사를 떠올렸다. 군대가 가진 인력이라면 축제를 돕고도 남을 만했고, 군인뿐만 아니라 그 가족들도 축제에 참여시킨다면 더없이 좋을 듯싶었다.

한데 사단장은 도통 만나기 어려운 분이었다. 전화를 걸고 쪽지도 남겼지만 좀처럼 연결되지 않았다. 그러던 어느 토요일, 가평의 한 리조트에서 특강을 하고 있는데 연락이 왔다. 사단장이었다. 메모를 받고 의아했다는 말과 함께 한번 만나보고 싶다는 뜻을 전해왔다. 쇠뿔도 단김에 빼라고 당장 내일 뵙자고 했다. 사단장은 내일은 주일이라 어려우니 다른 날로 약속을 잡았으면 좋겠다고 했다. 사단장의 바쁜 스케줄을 고려할 때 내일이 아니면 가까운 날을 기약하지 못할 것 같다는 생각이 들었다. 나 또한 신앙인임을 밝히고 허락해주면 교회를 방문해 짧은 강연도 하겠다고 제안했다. 잠시 후 그는 좋다고 알려왔다.

일요일 아침, 수기사 맹호교회를 방문해 신앙을 갖게 된 계기와 신앙생활을 통해 얻은 소중한 삶에 대해 성심껏 이야기를 전했다. 강연 후 아내의 작은 찬양 공연도 이어졌다. 사단장과 부인은 물론이고 수

181

기사의 많은 관계자가 뜨거운 반응을 보였다.

예배가 끝나고 차 한 잔을 두고 마주 앉았다. 사단장은 무엇을 도와주면 되겠냐고 물었다. 기회를 놓칠세라 나는 거대 인형축제 준비에 필요한 세 가지를 제안했다. 첫째로 거대 인형을 설치하기 위한 용접 작업을 수기사 공병대가 해주면 좋겠고, 둘째로 군악대가 참여해 축제를 흥겹게 해주면 어떻겠냐고 했다. 마지막으로 축제 때 군인들이 참여해 춤을 배우면 재밌겠다고 운을 띄웠다. 사단장은 이웃 사랑을 위한 일에 동참하겠다며 흔쾌히 돕기로 했다. 다만 마지막 부탁은 고사했는데, 축제 기간이 군 훈련 기간이었기 때문이었다. 수기사의 도움은 축제 준비와 진행 과정에서 결정적인 역할을 했다.

많은 이들이 힘을 합친 덕에 축제는 모양새를 갖추어갔다. 인근에 있는 육군 제66보병사단이 인형의 움직임을 맡고 가평군농업기술센터에서는 트랙터를 무상으로 빌려주었다. 가평군과 협약을 맺은 중앙대학교를 비롯해 동서울대, 대진대, 여주대, 극동대 등 인근 대학의 학생과 교수들, 한국복화술협회, 매직랜드인형극회 등 많은 예술인들이 참여해 마중물 역할을 했다.

　오태석 선생은 인형 퍼레이드에 앞서 펼치는 길놀이에 선보이는 공연을 연출했고, 그가 이끄는 극단 목화의 배우들이 출연진으로 참여했다. 버려진 각종 고물과 플라스틱 등으로 작품 활동을 하는 조각가 파브르 윤은 50여 종의 환경작품을 전시했다.

　그 결과 〈어설픈 연극제〉를 어설프지 않게, 아니 훌륭하게 치렀다. 〈2/10 어설픈 연극제〉라는 이름 아래 '까르네발레 가평'이라는 부제를 붙인 축제는 많은 이들의 호응을 불러일으켰다. 5~7m에 이르는 2층 건물 높이의 거대 인형을 이용한 축제가 한국에 처음 소개되었다. 유럽 3대 거리축제인 이탈리아 〈비아레조 카니발〉을 모티브로 삼은 축제에 사물놀이와 길놀이 등 전통을 가미한 기획으로 지역 주민뿐 아니라 관광객과 언론도 큰 관심을 보였다. 가평에서 군수를 지낸 조선 최고의 명필인 한석봉을 캐릭터화한 거대 인형과 피노키오에 등장하는 불의 화신을 형상화한 인형 퍼레이드, 이탈리아 자동차 페라리 퍼레이드와 전시, 50여 대의 대형 바이크 쇼 등이 펼쳐졌다.

특히 주민, 학생, 군인, 경찰 등 450여 명이 독창적인 탈과 화려한 의상을 입고 펼친 군무가 볼만했다.

〈어설픈 연극제〉는 2016년에도 이어졌다. 2016년 축제의 예술 감독은 광화문 앞 세종대왕 상 제작 과정에 참여한 실력 있는 조각가인 박헌열 교수가 맡았다. 그리고 자신의 칠순 잔치 MC로 나와 인연을 맺은 세계적인 애니메이터 넬슨 신 감독이 포스터 그림과 애니메이션 영화 〈황후심청〉을 재능 기부해주었다.

나는 왜 축제를 내려놓았나

그즈음 내 마음속에서 작은 균열이 일어났다. 축제를 진행하기 위해 많은 사람을 만나면서 사람들과 나 자신에게 느낀 크고 작은 실망감이 조금씩 쌓여갔다. 때때로 행정적인 문제, 절차 문제, 감정적인 문제로 갈등이 빚어졌다. 그럴 때마다 나는 주민을 위한 일이며 공익적인 일이라는 취지로 상대를 설득했다. '원래 새로운 일은 욕을 먹어가면서 하는 것'이라며 스스로를 위로했다. 하지만 한 번 생겨난 상처는 좀처럼 아물지 않고 점점 더 곪아갔다.

가장 힘든 순간은 다른 사람을 만날 때 거슬려 했던 모습을 나에게서 발견할 때였다. 그것은 숨기고 싶은 내 과거의 모습이기도 했다. 돈 때문에 하는 일이 아니라면서 돈을 헤아리는 모습, 의리를 목숨처럼 여긴다면서도 결국 자신을 위해 늘어놓는 변명, 책임

185

져야 할 대목에서 나서지 않고 내리까는 눈길, 박수
받을 때는 펴고 원망 들을 때는 접는 날갯짓…. 점점
무엇을 하고 있으며 누구를 위해 이 일을 하고 있는
가 하는 원론적인 고민까지 밀려왔다.

  2016년 〈어설픈 연극제〉 개막을 앞두고 결정적인
사건이 벌어졌다. 개막 일주일 전에 열린 군민의 날
행사 때 거대 인형을 이용해 연극제를 홍보하는 시간
을 가졌다. 나는 개그맨 김병조 선배와 함께 인형 퍼
레이드를 중계하기 위해 마이크를 잡고 있었다. 주민
들은 모처럼 만나는 '배추머리'와 '원숭이'를 반가워
하며 박수로 열렬하게 환영해주었다. 이제 거대 인형
이 등장해 움직일 차례였다. 그런데 움직여야 할 인
형이 꼼짝도 하지 않고 누워만 있는 게 아닌가. 당황
스러웠다. 인형은 좀처럼 움직이지 않았고 관객들은
어리둥절해하고 시간은 더디게 흘렀다. 막막하고 답
답했다. 갑자기 식은땀이 흐르고 숨이 막혔다. 내 눈
에는 행사를 총괄하고 있던 경신이 인형 사이를 분주
히 오가는 모습이 유난히 크게 들어왔다. 시간이 멎
은 듯 고요한 상태에서 사태를 수습하기 위해 안간힘

을 쓰는 경신의 모습만 느린 화면처럼 또렷했다. 그 순간 문득 회의감이 몰려왔다. 나는 도대체 누구를 위해 밤낮없이 이 일을 하는 것일까. 다음 날 온 가족이 주일 저녁 예배에 참석했다. 마침 3일 기도회 첫날이었고 회개의 시간을 가졌다.

일주일이 지난 10월 15일, 가평역에서 '3/10 어설픈 연극제'가 열렸다. 장소를 가평역으로 옮긴 것은 남이섬을 찾는 관광객을 염두에 둔 계획이었다. 축제에 손을 보탠 많은 정성이 하나하나 퍼즐처럼 맞추어져 결과물을 활짝 내보여야 할 순간이었지만, 며칠 전 발생한 철도파업 때문인지 분위기가 썰렁했다. 맥 빠진 분위기 속에서 어떻게든 관계자와 관객을 하나로 뭉쳐보려 안간힘을 쓰고 있는데, 결정적 순간마다 음향이 작동되지 않았다. 문득 일주일 전 거대 인형이 멈췄던 장면이 떠오르면서 데자뷔처럼 또다시 시간이 멎은 듯 고요해졌다. 나는 누구를 위하여 일하고 있나? 그 짧은 순간, 그간의 일들이 주마등처럼 스쳤다. 혹시라도 주목받고 싶은 욕심이 있지는 않았나. 좋은 일을 한다면서 우월감을 갖고 있지는 않

꽃피는 산골, 그 속에서 놀던 때

았던가. 비로소 나를 제대로 그리고 객관적으로 되돌아볼 수 있었다. 잠시 후 다시 음향이 작동했다. 일 년 동안 열심히 준비한 일에 크나큰 오점을 남긴 셈이었지만 그 찰나의 깨달음 덕분인지 이상하게도 크게 속상하거나 아쉽지 않았다. 문득 이런 생각이 들었다. '아, 내가 빠져야 할 때가 오고 있구나.' 축제가 한창이던 그 순간 나는 축제를 그만둘 생각을 했다.

결국 〈4/10 어설픈 연극제〉를 기획하는 과정에서 나는 총감독을 내려놓았다. 표면적으로는 우리 부부가 생각하는 연극제의 그림과 일부 참여자가 원하는 모습 사이의 간극을 좁히지 못한 것이 발단이었지만, 내가 추구하는 연극제가 사적 이익보다 문화 운동 색깔이 짙어 다른 이에게는 현실적인 장벽이 될 수 있다는 점을 깨달았다. 또한 진정으로 지역 문화가 뿌리를 내리고 자리 잡으려면 농부의 심정으로 씨를 뿌리고 그 이후에는 자연의 섭리에 맡겨야 한다는 생각이 들었다. 마침 5년간 해온 지역 문화 활동으로 인해 군청 문화체육과에도 연극팀이 생길 정도로 가평 곳곳에 연극이 자리를 잡았고 문화적 자극도 활발히 일어나던 시기였다. 이만하면 물러나도 될 것 같았다.

그렇게 해서 내가 처음 제안하고 3회까지 진행했던 가평의 주민 참여 축제 〈어설픈 연극제〉를 주민들의 손에 맡기고 그 자리를 미련 없이 내려놓았다. 이후 나는 박사 논문 마무리에 돌입했다. 가평의 사례를 중심으로 연극문화도시 형성 과정을 연구했다. 논문 작성에 몰두하던 중 연극제 준비가 여의치 않다는 소식을 전해 들었다. '어떻게든 이어나가야 할 텐데…' 하는 걱정이 들면서도 내 역할은 여기까지라며 애써 관심을 돌렸다. 혼자 타는 속마음을 어루만지는 사이, 안타깝게도 2017년에는 어설픈 연극제 개최가 무산되었다는 소식을 들었다. 한동안 죄책감에 시달릴 수밖에 없었다. 지금도 〈어설픈 연극제〉는 애증의 대상으로 내 가슴 깊숙이 자화상처럼 남아 있다.

꽃피는 산골, 그 속에서 놀던 때

생활 연극과 369 콘서트

　가평에서의 연극 운동을 돌이켜봤을 때 특별히 기억해두고 싶은 것이 두 가지 있다.

　첫 번째는 〈어설픈 연극제〉와 함께 구상하고 실천한, 가평을 연극문화도시로 만들겠다는 꿈의 바탕이 된 커뮤니티 연극, 즉 생활 연극이다. 두 번째는 〈369 콘서트〉로 매년 3월, 6월, 9월의 마지막 수요일에 열리는 잔치이다. 그중 생활 연극은 우리가 생활에서 무심코 겪는 일상을 재연하면서 불특정 관객들과 함께 자신을 되돌아보고 삶의 변화를 꾀하는 응용 연극 놀이다.

　내가 가평에 생활 연극을 처음 선보인 것은 디마떼오 남이공화국점 오픈을 앞두었을 때다. 남이섬에서 종종 게릴라성으로 길거리 공연을 진행하다가 가끔 관객을 일으켜 세워서 대사를 주며 상황을 연출했는데, 관객들의 반응이 좋았다. 한번은 게릴라 공연을 보고 간 손님이 친구들을 데리고 와서 "또 길거리 공연 안 해요?" 하고 묻기도 했다. 2013년부터 2016년까지 해마다 남이섬에서 가평 예술가들도 참여한 〈원맨쇼 페스티벌〉과 〈오 거리거리 페스티벌〉을 열기도 했다. 어쩌다 보니 가평 곳곳에 생활 연극의 씨앗을 뿌리고 다녔다.

생활 연극을 본격적으로 시작한 것은 2014년부터다. 간곡히 설득하여 청평으로 이사 온 중앙대 연극영화학과 후배 구기환과 우리 부부가 의기투합해 주민 배우들을 모으고 게릴라성으로 연극을 펼치며 사람들을 깜짝 놀라게 했다. 그중 한 대목을 소개해 본다.

어느 날 오후 3시, 남이섬 버스정류장 앞. 경찰들이 나와 때 아닌 단속을 한다. 음악을 빵빵하게 틀고 안전띠도 안 하고 휴대전화로 통화하는 운전자의 차가 유유히 지나치다가 경찰로부터 정차 요구를 받는다. 자동차에서 내린 시민은 오히려 적반하장으로 경찰에게 저항해 실랑이가 벌어지고 지나가던 행인들이 참견

191

하면서 일이 커진다. 엎친 데 겹친 격으로 비틀비틀 다가오는 또 다른 자동차가 있다. 경찰이 운행을 제지하고 내리게 하자 술 냄새를 풍기는 운전자는 음주 검사를 거부한다. 결국 또 한 번 난리가 난다. 경찰이 이번에는 헬멧을 쓰지 않고 오토바이를 모는 사람을 붙잡는다.

한바탕 난리가 나는 곳에 사람들이 몰려드는 것은 당연한 일이다. 사람들은 경찰과 운전자들의 실랑이를 지켜보면서 누가 무엇을 잘못했는지, 무엇이 부당한지 상황에 빠져든다. 어떤 시민은 직접 나서서 경찰을 두둔하기도 하고 운전자들의 잘못을 지적하기도 한다. 연극이 절정에 다다를 무렵, 경찰은 물론이고 지나간 운전자 모두 나타나 사람들에게 인사한다. 안전 운전과 운전 수칙이 적힌 전단을 나눠 주면서. 이런 식으로 남이섬과 가평읍, 청평 등에서 가평 경찰서와 함께 진행한 생활 캠페인은 경찰서와 관객 모두에게 큰 호응을 끌어냈다.

그밖에도 가평역부터 상천역, 청평역, 대성리역에 이르는 4개 역 17분 구간의 전철 안에서 공중 에티켓을 주제로 연극을 펼쳤다. 내용은 이러했다.

첫 번째 역에서 탄 젊은 커플이 심한 애정 행각을 벌이자 그들의 꼴불견을 지적하는 가족과 그들을 옹호하는 사람들의 의견 충돌이 일어난다. 배우들이 요즘 젊은 사람들은 문제라느니, 자유로운 애정 표현을 왜 간섭하느냐고 한마디씩 참견한다. 그런데 다음 역에서는 애정 행각을 더 진하게 벌이는 커플이 탄다. 이번엔 젊은이들이 아니라 노인 커플이다. 그렇게 관객들의 반응을 보다가 적당한 시점에서 지금까지가 연극이었다는 것을 공개하고 우리가 던진 질문에 대해 생각해보라는 메시지를 남긴 후 대성리역에서 하차하는 것으로 공연을 끝맺는다.

이 연극은 관객들의 참여가 매우 자발적이고 뜨거웠다. 주목할 만한 것은 세대별 반응이 매우 달랐다는 점이다. 가장 적극적인 반응을 보인 세대는 노인층이었다.

"애들 보는데 너무하는 것 아냐!"

"전철에서 조용히 하라고."

193

"어디 어른들한테 말대꾸야."

다양하게 상황에 개입해 목청을 높였다. 학생들은 못 본 체하거나 친구들끼리 손짓으로 이상하다는 신호를 교환했다. 때로는 SNS로 전철 상황을 외부에 알리기도 했다. 많은 호응을 얻은 전철 연극은 〈피플〉이라는 잡지에 소개되었는데, 기사 제목은 '누가 배우, 누가 관객?'이었다.

부부싸움 많기로 소문난 한 가정을 섭외해 〈하우스 씨어터〉라는 이름으로 부부싸움을 재현하며 함께 고민하기도 했다. 가장 많이 열리고 신명 났던 생활 연극은 〈어설픈 방송국〉이라는 제목의 장터 연극이었다. 가평읍, 청평면 설악면의 장터를 돌며 공개 방송하듯 다양한 코너를 선보이고 그 사이에 즉석으로 광고, 협찬, 노래자랑 등을 끼워 넣어 관객 참여형 공연이 되도록 유도했다.

일반적으로 연극은 '의식적이고 인위적인 연극'과 '무의식적이고 자연발생적인 연극'으로 나뉜다. 생활 연극의 뿌리는 당연히 후자 쪽이다. 인위적인 연극을 대표하는 아리스토텔레스적 연극은 등장인물의 성격을 구축해나가면서 극이 진행되고, 생활 연극은 그저 상황 대처에 따른 의도와 비의도가 뒤섞인 형태로 존재한다. 전자가 카타르시스를 통해 관객의 마음을 정화한다면 후자는 생활을 연극화해서 관계를 재구축하는 작용을 한다. 무엇보다 생활 연극은 관객과 배우가 분리되지 않고 자연스럽게 상황에 빠져들면서 공통된 인식을 형성한다. 눈앞에서 펼쳐지는 이야기를 통해 소통하고 즐기고 함께 생각할 수 있다. 나는 여러모로 생활 연극이 가평에서 유용하게 작용했다고 본다.

가평에서의 문화 활동 중 의미를 새기고 싶은 두 번째는 2016년부터 진행해온 〈369 콘서트〉로, 매년 3월, 6월, 9월의 마지막 수요일에 열리는 잔치이다. 가평군 홍보대사로 위촉된 후 연례행사로 진행하던 것을 더욱 많은 장애인과 소외계층이 공연을 접할 수 있도록 1년에 세 차례 열리는 행사로 횟수를 늘렸다. 그러려니 제작비가 모자랐다.

그때 경신이 기가 막힌 아이디어를 내놓았다. 출연자들이 출연도 하고 기부도 하는 형식의 공연을 만들자는 내용이었다. 연예인들이 출연료를 받는 게 아

꽃피는 산골, 그 속에서 놀던 때

니라 오히려 기부금을 내도록 하자는 것이다. 재능도 기부하고 돈까지 기부하라니 과연 가능할까 싶었지만, 차별화 포인트가 될지도 몰랐다.

그때부터 취지에 동참하는 출연자를 찾아 나섰다. 사회적 기여라는 명분은 상대방의 마음을 움직이기에 충분했다. 2016년 6월에 열린 첫 잔치에는 가평 일대의 장애인 가족과 군인 가족 240명을 관객으로 초청했고, 가수 인순이를 비롯해 개그맨 이동엽, 이광채, 피아노 3중주단 원스뮤직, 앙상블 시나위, 복화술사 안재우 등 많은 출연진이 모였다. 나는 이들을 가평의 '문화 품앗이꾼'이라고 관객에게 소개했는데, 실제로 이들이 기부한 돈으로 한 학생을 후원할 수도 있었다.

홍천에서 다문화 가정을 위한 해밀대안학교를 운영하며 지역 문화 활동의 어려움을 익히 알고 있었던 가수 인순이는 특히 이 행사의 취지에 많은 공감을 해주었는데 무대에 올라가서는 "39년 동안 돈 받고 출연했는데 돈 내고 출연하기는 처음입니다"라며 능청을 부렸다.

그렇게 시작한 〈369 콘서트〉에는 개그맨 김종석,

정종철, 이용식, 이동엽, 이광채, 가수 이문세, 전영록, 혜은이, 민해경, 배우 박정자, 윤석화, 박영규, 성지루, 목사 장경동, 복화술사 안재우, 서커스 단원 안재근, 윈스뮤직 등이 출연했다. 앞으로도 이러한 행사가 우리 사회의 장애인을 비롯한 소외계층의 작은 잔치로 방방곡곡 이어지기를 꿈꾼다. 또한 공동체를 무대로 하는 생활 연극이 일상으로 번져나가기를 기대한다. 더불어 서로가 서로를 사랑하고 이웃을 섬기는 '연극적 삶'이 펼쳐지길 소망한다.

한없이 커지는 369 369처럼

　앞으로 〈369 콘서트〉를 전국 구석구석의 문화 혜택을 받지 못했던 분들에게 행복과 위로를 전하는 잔치로 발전시키고자 한다. 원하는 곳이면 어디든 찾아가 출연진들과 함께 재능을 기부하면서 소통하고 교감할 것이다. 〈369 콘서트〉의 콘텐츠와 형식에 대해 어느 정도 확신이 있기에 가능한 꿈이다. 2017년 6월에 목포와 2017년 8월 이탈리아 피에트라산타에서 공연한 〈소리소리 콘서트〉가 좋은 예이다.

　2017년 초 박홍률 목포시장을 만났다. 목포시가 문화도시로 거듭날 방안을 모색하던 박홍률 시장은 친분이 있는 정병국 의원과 이야기를 나누다가 내 얘기를 듣고 만남을 요청했다. 나는 한걸음에 달려가 시장을 포함한 관계자들을 만났다. 목포가 바뀌려면 공적 업무를 담당하는 분들의 적극적인 협조와 외부

인사들을 격의 없이 수용하는 지역 예술가들의 태도가 절실하다는 점을 강조했다. 이야기를 나누다 보니 목포시도 변화를 찾고 있다는 사실을 깨달았다.

찾아간 김에 목포 출신으로 이탈리아에서 활동 중인 조각가 박은선과 목포시가 교류해 문화 확산의 첫발을 내딛기를 제안했다. 유럽에서는 정평이 나 있지만 한국, 특히 출신지인 목포에서는 잘 알려지지 않은 박은선 작가를 소개해 문화적 자부심을 키우자고 했다. 더불어 박은선 작가를 통해 이탈리아 피에트라산타에 목포를 알리며 문화 확산의 계기를 마련하면 좋겠다는 취지였다.

목포시는 내 제안을 흔쾌히 받아들였다. 목포시와 박은선 작가의 교류를 축하하기 위해 이탈리아 전시회 오프닝 무대를 기획했다. 바로 〈소리소리 콘서트〉였다. 문제는 언제나 그렇듯 예산이었다. 〈369 콘서트〉의 경험과 정신을 살려 최소한의 예산으로 목포의 〈소리소리 콘서트〉를 풍성한 무대로 준비했다. 내가 사회를 보고 창작국악 타악 팀인 소나기 프로젝트의 퍼포먼스, 피아노 3중주단 원스뮤직과 아내 김경신의 성악, 안재우의 복화술과 안재근의 서커스

199

로 무대를 채웠다. 모두가 〈369 콘서트〉에서 함께 활동한 이들이었다. 다양한 무대로 공연이 2시간이 넘게 채워졌고 뜨거운 반응을 이끌어냈다. 곧이어 8월에 〈369 콘서트〉 팀과 함께 이탈리아 피에트라산타를 방문했다. 그곳에서 열린 전시회 오프닝 무대를 우리의 열정으로 채웠다. 이탈리아 사람들도 역시나 무척 즐거워했다. 과연 문화에는 국경이 없다는 것을 새삼 깨달았다.

요즘도 엠티나 단체 여행을 가서 가끔 하는 369 게임은 점차 숫자가 커지면서 진행된다. '369, 369, 369, 369'를 외친 후 1부터 시작해 이어지는데, 고수들끼리 게임을 펼치면 그 수가 한없이 커진다. 3월과 6월, 그리고 9월에 진행해 '369'로 명명했던 이 행사에 수가 한없이 커지는 369 게임의 의미를 더하려 한다. 숫자가 커질수록 더욱 흥미로워지는 게임처럼 행사도 더욱 재미있어지고 행복해지고 풍성해지기를 소망한다. 나는 〈369 콘서트〉 시즌 2가 몹시 기대된다.

epilogue. 나는 터미네이터다

영화 〈터미네이터〉를 처음 봤을 때의 충격을 잊을 수 없다. 지구를 구할 영웅의 탄생을 막기 위해 살인 기계가 미래에서 현재로 오고 이를 저지하려는 저항군이 쫓아와 살인 기계와 싸움을 벌인다. 〈터미네이터〉는 내가 본 최고의 SF 영화였다.

뜬금없는 주장이지만 나 역시 미래에서 온 터미네이터가 되고 싶다. 아니, 솔직하게 고백하자면 내 안에 터미네이터가 있다. 미친놈. 누군가 웃기지도 않는다며 코웃음을 칠지도 모른다. 그러나 어쩔 수 없다. 누가 뭐라고 하든 나는 이미 터미네이터이므로.

우리 입장에서 터미네이터는 미래에서 온 인물이다. 하지만 터미네이터의 입장이라면 어떨까. 그는 현재에서 과거로 되돌아간다. 이쯤 되면 궁금해진다. 시간은 언제나 이전에서 이후로 흐르는 걸까? 오늘은 과연 현재가 맞는가? 만약 내가 터미네이터라면? 미래에서 과거로 온 터라 미래를 알고 있다면, 현재를 어떻게 풀어낼까?

2050년 2월 5일, 나는 세상을 떠날 것이다. 사실 정확한 날짜는 중요하지 않다. 그보다 일찍 죽을 수도, 그리 원하지 않지만 더 오래 살지도 모를 일이다. 다만 그날을 죽는 날이라 가정해본다.

죽음을 맞는 장면이 머릿속에 그려진다. 임종 직전 나는 과거를 돌아볼 것이다. 그 회상 속 하루가 오늘이라면? 그런 생각에 미치자 아직 하지도 않은 어떤 일을 해내고 싶은 욕구가 생겼다. 당장 해야 할 일이 보였다. 내 안에 원래 '나'와 미래에서 온 '그'가 공존하는 듯 느껴졌다. '나'는 말이 씨가 된다며 불확실한 미래를 준비하며 살아가고, '그'는 이미 열매를 봤기에 씨가 자라는 환경을 잘 알고 작은 위기에도 완벽히 대비한다.

인생이 바둑판이라면 내 안의 터미네이터는 결말을 알고 있다. '나'는 결과에 이르기 위해 한 수 한 수 놓아가는 과정이고, '그'는 한 수 한 수를 복기해오므로 어떤 순간이든 최고의 선택을 한다.

"아, 이 수를 여기 두지 말고 저기 두어야 하는구나."

"잠깐, 잠시 후에 닥칠 위기가 실은 여기에서 시작되었군!"

나는 미래를 확신하는 터미네이터로서 오늘을 살아가려 한다. 미래를 철석같이 믿고서 과거를 복기하듯 현재를 살아보려 한다. 내 안의 '그'는 오늘을 어떻게 살아야 할지 잘 알고 있다. 미래를 온전히 지켜내려면 무엇을 하고 하지 말아야 하는지를 말이다.

시간의 흐름을 따라 물 흐르듯 사는 사람과 미래에서 거슬러온 사람의 하루는 절대 같을 수 없다. 미래에서 온 존재라는 생각으로 그 미래를 확실하게 믿는다면, 자신을 객관화해서 '나'가 아닌 '그'라고 여기며 살아갈 수 있다.

다시 고백하건대 내 안에 '그'가, 터미네이터가 있다. '그'는 어떤 행동으로 오늘을 채워나가야 할지 잘 알고 행동한다. 지금 '그'가 나아가야 할 방향은 교회 커뮤니티 연극 쪽이다. 어느 날 성경을 소리 내어 읽

다가 아이디어가 떠올랐는데, 그 이후로 미개척 분야인 교회 커뮤니티 연극의 이론과 구성을 연구 중이다. 앞으로도 '그'의 도전은 계속된다. 언젠가 방방곡곡 교회에서 커뮤니티 연극이 펼쳐지리라.

그런 의미에서 '그'는 이 한마디를 남긴다.

"I'll be back!"

피자 한판 인생 두판

지은이 이원승

초판 1쇄 발행 2018년 9월 27일

펴낸이 이민 · 유정미

펴낸곳 이유출판

구성 김영우

편집 이수빈

디자인 이기준

주소 서울시 종로구 자하문로24길 15 우편번호 03042

전화 070 - 4200 - 1118

팩스 070 - 4170 - 4107

이메일 iubooks11@naver.com

홈페이지 www.iubooks.com

페이스북 www.facebook.com/iubooks11

블로그 blog.naver.com/iubooks11

ISBN 979 - 11 - 953255 - 0 - 4 03810

이 도서의 국립중앙도서관 출판예정도서목록(CIP)은 서지정보유통지원시스템
홈페이지(http://seoji.nl.go.kr)와 국가자료공동목록시스템(http://www.nl.go.kr/kolisnet)에서
이용하실 수 있습니다.(CIP제어번호: CIP2018028388)